Narratori ◀ Feltrinelli

# Nicola Gardini
# La vita non vissuta

© Giangiacomo Feltrinelli Editore Milano
Published by arrangement with
Marco Vigevani&Associati Agenzia Letteraria
Prima edizione ne "I Narratori" settembre 2015

Stampa Nuovo Istituto Italiano d'Arti Grafiche - BG

ISBN 978-88-07-03157-1

www.feltrinellieditore.it
Libri in uscita, interviste, reading,
commenti e percorsi di lettura.
Aggiornamenti quotidiani

razzismobruttastoria.net

# La vita non vissuta

*Ai malati*

E stendendo la mano, lo toccò dicendo: "Voglio sanarti!"; e subito la sua lebbra fu sanata.

*Matteo* 8:3

Ma la vita, senza il pensiero della morte, [...] è un delirio...

GIOVANNI PASCOLI, Prefazione ai *Canti di Castelvecchio*

Ciò che non hai vissuto resta con te in ogni istante e chiede soddisfazione.

CARL GUSTAV JUNG, *Il libro rosso*

*Virus* in latino significa "veleno". Benché termini in "-us", è un neutro, come due sole altre parole latine: *pelagus* e *vulgus*. Nel Tantucci, la famosa grammatica del ginnasio, questo bel trio appariva tra le particolarità della seconda declinazione. Non l'ho più dimenticato. Niente di buono in nessuna. Nel pelago ti impelaghi; il volgo è volgare, dunque, come insegna Orazio, alla larga. E il virus... Be', quello è virale, ti entra nel sangue e banchetta con la tua vita.

Bisognava scendere al paese a vedere la tomba.

Alla vigilia della partenza mia madre fu presa da un attacco di panico, vero o inventato che fosse, e mi chiese di partire da solo. Alle tombe lei non aveva mai tenuto (ecco perché aveva lasciato che la sepoltura rimanesse tanto a lungo senza lapide); e dai cimiteri si era sempre tenuta alla larga, diversamente dai miei parenti meridionali, che infatti l'avevano soprannominata "la Milanese".

Arrivai per l'ora di pranzo.

Zia Mariolina aveva preparato la zuppa di pesce. Si era alzata presto per comprare le triglie e i moscardini freschi, appena tirati su dal mare.

Mangiai in fretta, perché volevo rientrare a Milano prima di notte. Non mi lasciai neanche condurre in giro per l'orto, né portare su in soffitta ad ammirare i recenti lavori di ristrutturazione. Avevo giurato a Paolo che avremmo dormito insieme anche quella notte.

"Sei stanco," mi disse la zia, delusa dalla mia fretta.

Andammo al cimitero subito dopo il caffè portando un mazzo di fiori dell'orto, bellissimi benché sciupati dallo scirocco – dalie, garofanetti, gladioli, ortensie e rose.

La tomba si trovava nel settore nuovo, dietro la fila dei cipressi, come ricordavo.

L'aria era piena di polvere.

"Bella la foto che hai scelto, zia," dissi.

Qualche soddisfazione dovevo pur darla alla poverina.

"Avevo un bel fratello," rispose, passando la mano sul vetro. "Guarda come gli assomigli. Avanti, mettiti vicino... Bravo... Sembri proprio lui! I colori saranno anche della Milanese, ma la fronte, il naso, la bocca no... A parte che fino ai vent'anni anche tuo padre è stato chiaro... L'ha scurito il Nord. Non sei d'accordo?... E il marmo ti piace?"

"Sì, mi piace..."

"E la faccia della Madonna? Bella Madonna che ci salvi..."

"Sì..." Le parole mi morirono in bocca. La vista mi si annebbiò; le ginocchia mi cedettero.

"Che hai, Valerio?" mi domandò la zia.

"Sto male..." riuscii a sussurrare.

La salute mi aveva abbandonato da un momento all'altro.

Lei mi passò una mano sulla fronte, come quando ero bambino. Capitava spesso, infatti, che mi ammalassi durante le lunghe vacanze molisane, che mio padre mi imponeva nonostante le proteste della mamma. Lui era il primo a non voler andare al suo paese, se non per rendere le visite di dovere a quella sorella che lo adorava e che non era stata capace di crearsi una famiglia.

"Tu bruci..."

Le ossa mi dolevano, non riuscivo a muovere un passo, non riuscivo a deglutire, nemmeno a lamentarmi... Mentre mi accasciavo tra gli angioletti di gesso, mi augurai che la zia non si bagnasse il pollice con la saliva e non me lo premesse sulla fronte per scacciare il malocchio.

Si limitò a invocare mio padre, che guardasse giù, e san Rocco, il santo patrono del paese, nonché il santo che protegge dalla peste, e a disegnare il segno della croce nell'aria.

Il Varzi era arrivato nella mia classe all'ultimo anno. Benché ripetente, non aveva l'aria misera di quelli della sua categoria, incuteva rispetto e soggezione. Era un calciatore semiprofessionista. Il quotidiano allenamento, se gli impediva di studiare il necessario, in compenso gli ingrossava i muscoli e gli metteva negli occhi un'espressione concentrata, e già qualche ruga sulla fronte. A scuola veniva in macchina e parcheggiava dietro, come i professori. Per di più era di pochissime parole, e appena suonata la campana scendeva in cortile a fumare e a tirare due calci al pallone con i ragazzi delle altre classi. Nel suo sguardo leggevo solo malumore e disprezzo. Durante le lezioni se ne stava immusonito, rannicchiato nell'angolo più lontano dalla cattedra, con la faccia di uno che moriva dalla voglia di essere in qualunque altro posto della terra. Interpellato dall'insegnante, si riscuoteva con fastidio, balbettava qualcosa, mai una vera risposta, e risprofondava nel suo abituale mutismo.

Intorno a Pasqua la professoressa Maroni mi prese da parte e mi disse che il Varzi, con i voti che aveva, anche quest'anno rischiava di non essere ammesso all'esame di maturità. Mi pregava, perciò, di dargli una mano. Bastava che prendesse una sufficienza negli ultimi compiti in classe di latino e di greco, e lei avrebbe chiuso un occhio. Poi, all'esame, se la sarebbe

17

vista con lui la commissione esterna. Volevo? Se non volevo, per il Varzi era davvero finita...

Le dissi che io con il Varzi non avevo mai scambiato una parola...

"È il momento di farlo," decise la Maroni.

Lo affrontai alla fine di quella stessa mattinata. Era già salito in macchina. Gli feci segno di fermarsi. Lui abbassò il finestrino.

"Questo sabato hai voglia di venire da me a fare un po' di greco?" dissi con un filo di voce.

Scoppiò a ridere.

"Il sabato mi alleno..." rispose. "Ma grazie... Vuoi un passaggio?"

Mangiammo un panino al bar Magenta e poi andammo a stenderci sull'erba del parco Sempione. Mi disse che mi ammirava, che uno bravo come me non c'era in tutta la scuola...

Il sabato seguente venne a casa mia. Dallo zaino estrasse, oltre al libro delle versioni, due bottiglie di rosso.

"Queste sono per te..."

Nessuno mi aveva mai regalato del vino.

Scelsi un branetto abbastanza facile – era un pezzo di Lisia – e gli chiesi di leggere. Ma il Varzi non sapeva nemmeno leggere. Incespicava su ogni sillaba, non conosceva le maiuscole, spostava gli accenti. E di tradurre non era assolutamente capace. Di grammatica non sapeva niente. Incredibile che con quel livello di preparazione fosse arrivato fino alle soglie dell'esame di maturità. Dopo un'ora di disperanti tentativi si afflosciò sulla sedia.

"Mai fatto tanto greco in una volta," rise.

E, preso dallo zaino un cavatappi, aprì una delle bottiglie che aveva portato. Bevve a canna un lungo sorso e poi me la passò. Anch'io bevvi. Mi innamorai in quel momento. Con il suo vino, il Varzi mi versò nelle vene la malattia d'amore. Naturalmente allora non potevo dirlo con la certezza con cui l'avrei detto in seguito e tutt'oggi sono pronto a dirlo. Allora sentivo una nuova, felice confusione, una voglia di stare con lui che non aveva spiegazione, *sentivo la febbre*... Non mi ero mai innamorato, prima. E perciò non avevo termini di confronto.

Andare a scuola significava ormai vedere lui, stare nella stessa stanza con lui, vivere in funzione di lui. Diventammo compagni di banco. La sera ci sentivamo per telefono, pranzavamo insieme al solito Magenta e il sabato ci incontravamo a casa mia. Qualche volta bigiavamo, cosa che non avevo mai fatto prima. Giravamo in macchina per la città; oppure ci spingevamo in campagna. Prendevamo il sole sull'erba. Lui non parlava. Appoggiava la testa sulla mia pancia e si appisolava. Di nascosto gli feci una foto con la mia piccola Olympus.

Alla Maroni dissi che il Varzi migliorava; che mi aspettavo che avrebbe preso la sufficienza nelle ultime versioni...

Architettai un modo per passargli la traduzione e con un po' d'insistenza riuscii a convincerlo a copiare. Prese il sei sia in latino sia in greco.

A metà giugno, finita la scuola, decisi di dichiararmi. Non che volessi più di quello che già ricevevo. Desideravo solo dirgli che ero felice con lui, che non ero mai stato tanto felice con nessuno... Pensavo che gli avrebbe fatto piacere. Insomma, volevo *ringraziarlo*.

Certo, ci si metteva l'inesperienza. L'inesperienza infonde gratitudine... Il Varzi si lasciava amare. Che dono! Che concessione! Più o meno così ragionava la mia testa allora. Ragazze non ne avevo ancora avute. Il Varzi era davvero il mio primo amore. Era tutto, mi riempiva la testa e il petto.

Non posso dire che ne fossi *attratto*. Bello, era bello. Ma allora la bellezza per me non rappresentava uno stimolo sufficiente all'eccitazione sessuale. Era, invece, tutt'uno con l'essere dell'altro.

Eravamo in camera mia e lui mi stava leggendo un passo di Callimaco in traduzione. Lo interruppi e lo abbracciai.

"Ti adoro, Michele," gli dissi, usando per la prima volta il suo nome.

Non fece nulla, non disse nulla.

Si accese una sigaretta, a testa bassa, poi alzò gli occhi – due occhi nerissimi, che in quel momento apparvero leggermente strabici – e mi accarezzò la guancia. Dopo quella carezza, dovetti alzarmi e voltargli le spalle, o si sarebbe accorto che avevo cominciato a piangere dalla felicità. In bagno mi sfogai, mi lavai il viso e poi riprendemmo lo studio come se niente fosse accaduto.

Il giorno dopo non venne. Chiamai a casa sua. La madre non sapeva dove fosse andato. Era convinta che fosse venuto da me. E prese a lamentarsi di quel figlio disgraziato, che le dava solo preoccupazioni, un lazzarone, che non avrebbe sfondato neanche nel mondo del calcio.

Non l'ho mai più rivisto, né a casa mia né a scuola né per strada. Agli scritti non si presentò. Uscirono i cartelloni e a fianco al suo nome lessi: RESPINTO. Ma i nomi non importavano. Quell'aggettivo si riferiva a me.

"Stanchezza, stress..." spiegava il dottor Romani alla zia. E io, sepolto sotto le coperte di lana, delirante, traducevo: "Amore...".

Per quante notti di seguito non avevo dormito? Non mi era mai capitato di stare sveglio così a lungo per amore.

"Ma come mai in estate?" non si capacitava lei.

"E che?, signora," le rispose il dottore, "d'estate non ci si ammala?"

Avevo la febbre a quaranta e tremavo come se fossi esposto nudo al gelo del più gelido inverno.

Per una settimana non ci fu nessuna comunicazione tra me e Paolo, a parte il periodico sms: *Ti penso, domani torno.* Sempre lo stesso, perché le mie dita non avevano la forza di digitarne uno nuovo, né la mia mente la lucidità di concepire altro pensiero.

Lui chiamò un paio di volte, ma io avevo le placche e non riuscivo a parlare.

Mia madre era preoccupata. Telefonava mattina e sera, e la zia le diceva che bevevo tanta acqua e che prendevo gli antibiotici. Poverina, aveva smesso anche di andare al cimitero per passare più tempo con me. Sosteneva che mi ero ammalato per il dispiacere, non avevo sopportato la vista della tomba paterna. Anzi, "per passione", come diceva lei;

21

usando la parola in un significato che ormai quasi si è perduto del tutto nella lingua comune. Al paese tanti ne erano morti, di passione. Soprattutto donne, incapaci di reggere alla scomparsa del marito. Ma si moriva di passione anche per un'offesa ricevuta, per un torto subìto...

Paolo partì per Londra, com'era da tempo nei suoi piani, e io che avevo sperato di seguirlo dovetti restare dov'ero.

Al decimo giorno mi rimisi in marcia, benché non mi fossi ancora ristabilito al cento per cento.

All'altezza di Macerata mi venne in mente che Antonio abitava da quelle parti. Gli avevo promesso che prima o poi sarei passato a salutarlo. Non avevo programmato di farlo proprio adesso. Ma ormai Paolo era partito, e io non avevo troppa fretta di arrivare a Milano.

Chiamai un vecchio numero, che però era ancora attivo.

Mi diede appuntamento nella piazza del Municipio.

"Però," mi avvertì, "non spaventarti quando mi vedi... Non sono al massimo della forma..."

"Tranquillo," lo rassicurai. "Io sono ridotto uno straccio..."

Un'ora dopo ci riabbracciavamo, erano passati cinque anni.

Quasi non lo avevo riconosciuto. Aveva perso molto peso e gran parte dei capelli. Il dimagrimento gli aveva scarnificato la faccia. Dove prima erano le guance, ora la pelle si ritirava in due fosse scure. Tutte le ossa erano in evidenza. Gli avrei dato dieci anni di più. Invece, come me, non ne aveva ancora quaranta. Si tolse i Ray-Ban e mi mostrò due occhi sofferenti.

"Congiuntivite," mi spiegò. "Tu non sei cambiato di una virgola..."

Mi portò in campagna, a casa sua.

Rimasi per cena.

Parlammo dell'uliveto, dell'America, della sua vita... Al

momento non stava con nessuno. Non era facile incontrare un uomo da quelle parti, disse. Ma andava bene così. Uomini ne aveva avuti anche troppi. Ora doveva pensare a star bene... E mentre tagliava il pane, senza guardarmi, mi disse che era sieropositivo da alcuni anni. Subito aggiunse che non dovevo preoccuparmi. I farmaci funzionavano; e non doveva prenderne neppure chissà quanti. Erano finiti i tempi del cocktail, quando in una giornata arrivavi a ingoiare fino a venti pastiglie. Purtroppo, davano la lipodistrofia. Quello era l'unico vero problema. Tutte le persone che lo conoscevano, compresi i suoi, gli domandavano se fosse malato; e lui a ripetere che stava bene, che non era niente, gli era solo cambiato il metabolismo...

Si scoprì i polpacci. Spariti, sostituiti da un groviglio di vene azzurre. Si tirò su la maglietta e apparve un ventre sproporzionato.

"Da una parte ti asciughi, dall'altra ti gonfi..." E rise. "Chi vuoi che mi si prenda più, in queste condizioni? Ma l'importante è essere qui, no?" E indicò il paesaggio circostante con un ampio gesto, come un dio fiero della sua creazione. "Non è un posto magnifico? Guarda che tramonto... Senti! Senti gli uccelli... Vieni anche tu a vivere qui, portaci la famiglia... Basta con le città... Chi te lo fa fare di andare ancora in America? Non so come io abbia potuto resistere tanti anni in quella bolgia. Ti rendi conto che sono stato prigioniero di uno studio legale per quasi un terzo della mia vita?... Ero pazzo. Ma adesso ho ritrovato il senso delle cose... In America non voglio mai più tornare, neanche a rivedere i quattro amici che ho lasciato... Sai che ho ricominciato a pregare? Non fare quella faccia... In chiesa non ci metto piede, dei preti non mi importa niente... Però prego... Ringrazio l'Onnipotente per ciò che mi dà..."

Alzò il bicchiere di bianco e brindò alla salute.

"Perché mi guardi così? Ti faccio pena? Ti faccio schifo...? Ti ho sconvolto?"

Sì, ero sconvolto.

"Ti sei ammalato negli Stati Uniti?" gli domandai.

"Io non mi sono *ammalato*, come dici tu. Ho solo preso il virus dell'HIV... Purtroppo ho beccato un ceppo particolarmente vorace. Lo sai, no?, che ne esiste più di un ceppo..."

Non lo sapevo.

"Alcuni sono micidiali, addirittura fulminanti. A New York, a un certo punto, ha cominciato a circolarne uno che ti faceva fuori nel giro di una settimana... Non è stato in America. In America sono sempre stato molto accorto... È capitato a Roma, subito dopo che ero ritornato... Buffo, no? ...E tu? Marina?"

La voce mi uscì a fatica.

"Non stiamo più insieme... Adesso, non ci crederai, sto con un ragazzo... Si chiama Paolo. Fa il pittore... È molto bravo, abbastanza affermato..."

Antonio si tolse gli occhiali, che aveva continuato a portare anche in casa, e strabuzzò quei suoi occhietti sanguinolenti.

"Non mi dire! Ma sai che di te non l'avrei mai detto? Scusa, non intendevo offenderti... E lei come l'ha presa?"

Intanto accendeva il pc.

"Come vuoi che l'abbia presa?... La conosci, non è una che si metta a urlare... Comunque, non andavamo più d'accordo da tanto... E poi sapeva, quando l'ho conosciuta, che ero ancora innamorato di un mio compagno del liceo..."

"Ah, allora avevi già avuto storie con uomini... E la bambina?"

"Alla bambina prima o poi lo spiegheremo..."

"Ha un sito, questo Paolo?"

Gli diedi l'indirizzo.

"Accidenti! Bello! Forse un po' troppo magrolino, a me

piacciono i grassocci... Comunque, un gran bel ragazzo...
Belli anche i quadri... E dimmi, è seria questa storia?"
"Credo di sì..."
Non riuscii a mangiare quasi niente.
Tutto si era infettato intorno a me. Le parole, l'aria, il
pane...
Verso mezzanotte provai ad andarmene. Antonio non
volle sentir ragione. Disse che era una pazzia mettersi in strada a quell'ora.
Mi sistemò in una stanzetta fresca e pulita, che guardava
verso le colline. Il letto era comodo, ero stanco, eppure non
prendevo sonno. Ascoltai i grilli e gli uccelli, e mandai non so
più quanti sms a Paolo.

Ero rimasto fidanzato con il Varzi per tutti gli anni dell'università, e anche oltre. Durante quel periodo non avevo mai smesso di credere che prima o poi l'avrei incontrato da qualche parte, al Magenta, o magari in una delle vie del centro che percorrevamo in macchina. Ma non successe mai. Ogni tanto tiravo fuori dal portafogli la foto che gli avevo fatto quella volta al parco, mentre dormiva, e la studiavo.

Alla vigilia della partenza per l'America cercai il suo numero di telefono nel vecchio diario di scuola e chiamai. Mi aspettavo che rispondesse la madre o qualcun altro. Invece, rispose proprio lui. Mi riconobbe subito. Non sembrava per nulla stupito di sentirmi, come fossimo sempre rimasti in contatto. Era sposato e aveva un bambino di quasi tre anni. I suoi si erano ritirati in campagna e gli avevano lasciato l'appartamento. Col calcio basta. Anche con gli studi. Lavorava come pony express; non si trovava male. Non disse che aveva voglia di rivedermi.

Quella fu l'ultima volta che ci sentimmo.

Marina la sposai perché il Varzi si era sposato. E volli diventare padre perché il Varzi era diventato padre. Avrei fatto tutto questo anche prima, se solo l'avessi incontrata prima. Invece dovettero passare altri otto anni, durante i quali non provai interesse per alcuna donna. Né per alcun uomo.

Io non mi sentivo gay o omosessuale; quella terminologia davvero non mi apparteneva, anzi, la detestavo. Io avevo amato il Varzi. Tutto qui. E ancora lo amavo. Per me c'era lui e basta.

E adesso, non potendolo avere più, volevo essere come lui. Imitandolo, diventando un po' lui, mi illudevo di tenerlo con me. Credo che l'amore, almeno per un certo periodo della vita, possa essere anche un simile sforzo di identificazione, seppure ci si identifichi con un fantasma che con l'altro reale non ha nulla che vedere; uno che nemmeno sa di noi e dei nostri sentimenti. O forse questa tendenza all'identificazione, voluta o no, consapevole o no, è una componente di qualunque amore. Quando la si ha in due, be', allora è fatta. Tutto funziona, o così sembra. Il miracolo è compiuto, perché niente, di fatto, è reale, cioè oggettivo. Tutto è sempre dentro di noi, è un'immagine che ci creiamo. Se però l'immagine se la crea anche una seconda persona, pur diversa – *necessariamente* diversa –, e ha la pretesa che sia la stessa, allora nasce qualcosa di vero; invisibile, ma vero. Dal Varzi mi parve di cominciare ad allontanarmi proprio grazie a questa idea: che l'amore è una verità, che è l'accordo di due, mentre nel nostro caso non c'ero che io... E allora che verità era? Come si può essere innamorati senza essere corrisposti?

Marina si innamorò di me, si dichiarò a me, come io mi ero dichiarato al Varzi; e io, a differenza del Varzi, la riamai. Non respingendola, facevo il contrario di quello che il Varzi aveva fatto con me. Dunque, in un certo senso, riparavo il suo danno. Amando lei, amavo me. E così, finalmente, la mia identificazione con il Varzi diventava completa.

Questo non significa che io a Marina non volessi bene; che di lei non mi sentissi innamorato, che recitassi o che la usassi... È vero però che l'essenza del Varzi, o almeno di quello che per me era il Varzi, condizionava tutta la nostra storia; si mischiava con il nostro presente, lo inquinava, come certe sostanze colorate si mischiano con l'acqua, e per quanta acqua aggiungi, e benché risultino a un certo punto invisibili, non scompaiono mai; un'analisi accurata ne rileverà sempre la presenza.

A Marina parlai di lui. Come avrei potuto tenerle nascosto quell'amore? Anche lei mi parlò del ragazzo che aveva avuto prima di me, Silvano... Poveretta, per venirmi incontro disse che anche lei si era molto legata a una certa compagna di classe, che però preferiva l'amicizia di un'altra... Sul mio conto non ebbe nulla da ridire, non si spaventò, non si ingelosì. Le dispiaceva solo che avessi sofferto tanto.

Paolo mi riportava indietro nel tempo, mi ringiovaniva, mi ridava il Varzi. Anzi, mi ridava quello che io ero stato quando mi ero innamorato del Varzi... Il caso mi risarciva. In Marina avevo amato lui, e da Marina avevo ricevuto l'amore di lui. Paolo, infine, adesso mi offriva il corpo di lui. Questo mi raccontavo per dare un senso alla mia vita. Marina, infatti, non aveva compiuto tutto quello che andava compiuto. A un certo punto, perché la mia storia fosse perfetta, occorreva che comparisse Paolo.

Anche stavolta ero stato scelto.

Dopo essere stato respinto dal Varzi, non avevo mai più avuto il coraggio di prendere l'iniziativa con nessuno, uomo o donna che fosse. Ho sempre faticato a riconoscere segni di interesse per me in chiunque. E se anche un amico mi confermava che a quella tale ragazza piacevo, non mi facevo avanti. Aspettavo che la prima mossa venisse da lei. Marina l'avevo incontrata a un party di dottorandi, a New York. Mi aveva notato, si era procurata il mio numero di telefono e il giorno dopo mi aveva chiamato.

Paolo lo conobbi in aereo, tornando da New York, alla fine del semestre autunnale. Sedeva dietro di me. Accanto, invece, avevo un tipo sulla cinquantina, occhialuto. Subito dopo il decollo si rivolse a me in italiano e con grande naturalezza, come se chiedesse a un commensale di passargli la saliera, mi chiese di prestargli il libro che tenevo appoggiato sulle ginocchia. In un primo momento credetti di non aver capito.

"Sì, il suo libro," insistette lui, indicandolo. "Me lo può prestare?"

Sarebbe stato sufficiente che rispondessi: "Lo sto leggendo io, il mio libro...". Invece, dopo un momento di esitazione, dissi:

"Mi spiace, i libri non li presto, non quando viaggio almeno...".

E lui, poco convinto dalla mia spiegazione:

"Per pochi minuti... Lo sfoglio e basta...".

Sfogliare il libro di un altro?! Pretendere di toccare le pagine che aveva toccato l'altro, il legittimo padrone, mettere gli occhi dove l'altro aveva già messo i suoi, immaginare attraverso lo scritto i pensieri dell'altro?! Ma neanche per sogno!

"Non insista," dissi con maggiore decisione.

Si stabilì un brutto silenzio. Che idea, *sfogliare un libro*!

Ma che persona poteva essere, uno così?... Che cosa voleva da me?...

Finii per mettere in dubbio anche me stesso.

E *io*? Che razza di uomo ero io? Che cosa mi costava prestare il mio libro a uno sconosciuto? Non predicavo forse ovunque, a casa e nelle aule universitarie, una fede assoluta nel valore della lettura? E ora che qualcuno mi offriva l'occasione di fornire una prova concreta della mia fede, mi rifiutavo. Odiavo quell'uomo, perché mi costringeva a odiare me stesso. Mi sentivo privo di difese, vittima di me stesso non meno che degli altri... Perché la gente si permetteva di avvicinarsi a me con quella sfrontatezza? Perché io non la tenevo lontana con il mio solo aspetto, perché il mio spirito non sapeva erigere barriere protettive? Che cosa non andava in me? Che cosa mi rendeva tanto *aggredibile?*... E poi, che cosa poteva importare a quello delle *Epistulae ad Lucilium*...? Mi alzai e mi sedetti nella fila dietro, dove era rimasto un posto vuoto. Paolo, che notavo allora per la prima volta, mi sorrise e, avvicinata la bocca al mio orecchio, mi sussurrò: "A me non lo presteresti il tuo bel libro?".

Ritrovai il buonumore. Misi il libro nella tasca del sedile davanti e cominciai a chiacchierare con lui. Ci addormentammo e ci risvegliammo insieme.

Una volta a terra ci scambiammo i numeri di telefono e tutto finì lì.

All'inizio di marzo mi chiamò per invitarmi a una sua mostra.

Ci andai.

Il giorno dopo parlai di Paolo a Marina. Perché aspettare? Avevo aspettato già tanto... Più di vent'anni.

E in capo a una settimana, senza pensare neppure per un attimo che stessi commettendo un azzardo, mi trasferivo da lui.

Avevo preso con me il minimo indispensabile: il computer, qualche vestito; un paio di libri. Ancora non so dire se in fondo pensassi che me ne stavo andando solo per qualche tempo, o se invece non mi importasse davvero più niente di tutto quello che mi aveva circondato fino ad allora... Allora avrei detto senz'altro che mi importava solo cominciare una nuova vita; che il resto non contava più... E la casa di Paolo, che era piccola e alquanto malmessa, andava benissimo. Non avrei potuto desiderare casa migliore.

I primi sieropositivi li avevo incontrati a New York. Si era alla fine degli anni ottanta. Allora non facevo alcuna distinzione tra sieropositività e AIDS. Nessuno la faceva. Oggi, invece, è grave che la gente confonda le due cose. D'altra parte, a quei tempi una distinzione vera e propria non era necessario farla. Il virus uccideva in ogni caso, perché non erano ancora stati trovati farmaci efficaci. Avrebbe ucciso anche i famosi: Rock Hudson, Andy Warhol, Anthony Perkins, Freddy Mercury, Robert Mapplethorpe, Rudolf Nureyev, Bruce Chatwin, James Merrill, Isaac Asimov, Michel Foucault... Certo, c'era una prima fase, e poi una seconda. Ma fin da subito l'infettato sapeva che ogni salvezza era negata.

Vivevo nel West Village. Le strade erano popolate di moribondi. Io ero uno dei pochi vivi. Il mio vicino di casa, Mark, aveva già visto morire due compagni. Li aveva assistiti fino all'ultimo. Mi raccontò che erano morti dopo lunghe sofferenze, il primo per un cancro al cervello, l'altro di polmonite. Niente, in verità, alla fine funzionava più. E si diventava brutti, bruttissimi. "*Soooo ugly.*" Le loro ceneri erano lì, nel soggiorno, sulla mensola del caminetto. Partecipavano alle nostre chiacchierate, ci guardavano bere il caffè... Mark si divertiva a decorare le urne con brandelli di stoffa colorata. La morte, diceva, non deve suggerire tristezza. Anche lui era sieropositivo e si aspettava di finire altrettanto male. Contro il declino opponeva una vita regolare e una dieta sana. Era diventato vegetariano. Niente più alcol o droghe. Niente più party. A letto presto. A quel modo avrebbe retto ancora due o tre anni. Con un po' di fortuna si moriva al settimo anno di malattia.

Mi faceva la corte, Mark. Ma non appena Marina entrò nella mia vita smise. Diventarono amici anche loro. Al nostro matrimonio venne in sedia a rotelle. Non aveva perso il sorriso. Io pensavo che in una situazione simile mi sarei ammazzato. Avevo il terrore del dolore e della rovina fisica. Come si fa a stare al mondo sapendo di avere il sangue marcio?

Ora che ci penso: un sieropositivo, prima di Antonio, l'avevo incontrato anche in Italia. Era un amico di amici, faceva l'avvocato. Il virus l'aveva preso dal dentista. Lo consideravamo uno sventurato, un poveretto. Per qualche ragione che mi sfugge, a un certo punto l'infezione l'aveva reso claudicante. Fece causa al dentista e il discorso legale che identificammo con lui ci fece dimenticare la malattia stessa. Di quella non si parlava mai. Lui non era un sieropositivo, ma uno che stava cercando di ottenere un risarcimento.

Non ho mai saputo che fine abbia fatto quel poveretto. Avrà vinto la sua causa? Avrà vissuto abbastanza a lungo da poter assumere i farmaci salvifici?

Paolo sostiene che ci si innamora per necessità biologica. Lui, dunque, era *destinato* a innamorarsi di me, e io di lui. "Siamo geneticamente fatti l'uno per l'altro. Perché tutto è genetico... Non si racconti che io in te ho visto una figura paterna, solo perché hai quattordici anni più di me. Scemenze. Tra l'altro, quattordici anni non sono niente nella storia dell'evoluzione. Se Cesare o Napoleone fossero ancora vivi, saremmo loro coetanei."

Qualunque spiegazione razionale dell'attrazione è una scemenza. La psicanalisi stessa è una scemenza. Non c'è niente da spiegare, quando si tratta di attrazione. Psicanalizzare significa non accettare; mettersi dalla parte della Chiesa. Uno è come è. Il destino è una condizione delle cellule. Certo, esiste il caso. E nel nostro caso, il caso era stato giusto. Noi eravamo perfetti, fatti l'uno per l'altro. Potevo negarlo?

Dopo una settimana mi chiese di togliermi di torno, di andarmene. Me lo chiese per telefono.

"Solo per qualche giorno... Il tempo di rimettermi."

Gli erano uscite certe macchie in faccia e non voleva che lo vedessi così. Incolpava la durezza della mia barba. Lui aveva la pelle delicatissima, come le Madonne di Bellini.

Promisi che d'ora in avanti mi sarei rasato due volte al giorno. E, disobbedendo al suo ordine, la sera mi feci trovare a casa, fresco di rasatura.

Le macchie gli davano un'aria buffa. Sembrava un ragazzino che stesse guarendo dal morbillo o dalla varicella. Mi spiegò che la sua pelle ne aveva sempre una, in qualunque stagione, col caldo, col freddo, col secco e con l'umido, consumava tonnellate di crema idratante e di lozioni protettive fin da quando era bambino...

Benché cercasse di nasconderle, notai che anche le mani gli si erano molto arrossate: nel giro di pochi giorni il centro del palmo si era spellato sino a mostrare la carne viva, come nei palmi di Gesù. Ammise che ormai faceva fatica perfino a reggere il pennello. Poteva trattarsi di allergia alla trementina, disse.

"Guarda..."

E mi mostrò le orecchie. I lobi erano tagliati e arrossati.

"Ma non è sempre così," mi rassicurò. "Solo quando vivo più intensamente... Allora la mia pelle mi manda... dei segnali..."

Anche sul mio corpo, specialmente nella zona genitale, erano comparsi taglietti, escoriazioni, abrasioni.

Quando comincia un amore, si è esposti a forze sconvolgenti che, mentre portano alle anime della coppia il benessere immateriale del contraccambio, esercitano sui corpi, cui è negata l'effettiva capacità di fondersi, soprusi di non trascurabili proporzioni.

Mi era capitato anche con Marina. Dopo un primo periodo di entusiasmo sessuale, il mio glande era stato preso da un'infiammazione deturpante, che si risolse solo grazie all'uso prolungato degli antibiotici. Il dermatologo newyorkese che mi aveva in cura diceva che per un taglietto si può morire... *Take it easy, guys!*

"Ma io ti piaccio lo stesso?" continuava a domandarmi Paolo, spostandosi la punta dell'indice per il viso.

In quei giorni tirò fuori un vecchio autoritratto a olio e lo picchiettò qua e là di rosso carminio. Lo intitolò: *Autoritratto con puntini.*

Era inteso che anche quell'anno avrei passato le vacanze con la mia famiglia, nella nostra casa al mare. Marina e Angelica se lo aspettavano. E io non volevo certo deluderle. A Paolo dissi che saremmo rimasti lontani per un mesetto, durante il quale si organizzasse pure liberamente, con qualche amica. A settembre avremmo avuto una settimana per noi in un bel posto.

Mi accusò di debolezza e di crudeltà. Adesso era lui la mia famiglia!

"Ma certo," lo rassicuravo. "Però ho sempre degli obblighi verso Marina e Angelica... Non mi pare difficile capirlo..."

"E io? Obblighi non ne hai, verso di me?" continuava a ripetermi con gli occhi pieni di lacrime.

Litigammo per una settimana, sfiorammo la rottura, finché arrivammo a un accordo, che io al suo posto non avrei mai accettato: che venisse pure lui in Sardegna, a patto di sistemarsi altrove e di non farsi mai vedere se non da me, dove e quando io avessi deciso; e di partire in una data diversa dalla nostra.

A Porto Torres ci precedette di un paio di giorni. Sbarcando, lo riconobbi nella folla di quelli che davano il benvenuto ai nuovi arrivati. Mi salutò con la mano e io, per non insospettire Marina, mi limitai a un sorriso.

Ci seguì con un'auto noleggiata e, quando ci fermammo a mangiare lungo la strada, si fermò anche lui. Sedeva a un paio di metri di distanza, faceva finta di niente. Quando andai in bagno mi raggiunse. E lì, in quel cesso lurido, mentre mia moglie e mia figlia finivano l'insalata, facemmo l'amore.

Come si poteva prevedere, l'accordo che avevamo raggiunto si rivelò assai presto tutt'altro che ideale. Dovevo dividermi tra la casa e l'albergo, in turni penosi, e inventare un mucchio di bugie per giustificare le mie sparizioni, che deludevano non poco Angelica. Quante volte le avevo promesso che avremmo passato la giornata in acqua a giocare! Ma soprattutto dovevo tenere a bada Paolo, il quale minacciava di presentarsi a sorpresa a casa mia.

"È un mio diritto conoscere la tua ex e tua figlia," urlava. "Non lo capisci? Ed è un loro diritto conoscere me... Con la tua codardia fai un torto a tutti noi, ci tratti da cretini."

I nostri incontri, anziché darci un po' di felicità, ci costringevano a interminabili battibecchi.

"Tu hai vergogna di me... Non ti piaccio, ecco il motivo..." mi rimproverava. "Ma io non posso vivere come un prigioniero... Tu neghi la mia esistenza! Io, invece, ti mostrerei al mondo intero!"

Era vero. Aveva cercato di presentarmi ai suoi amici e ai suoi genitori. Io però avevo acconsentito a incontrare solo la Gina, la sua amica del cuore, che peraltro non mi era stata per nulla simpatica. L'avevo trovata chiacchierona, impicciona, esageratamente soddisfatta di vedere Paolo "fidanzato", come diceva lei. Non mi piaceva che mi si desse per scontato... Non mi piaceva che la nostra storia passasse per una storia qualunque, due uomini che si incontrano e mettono su casa insieme, con la benedizione delle amiche magnanime.

Questa storia io l'aspettavo da sempre, e non avevo mai immaginato come sarebbe stata, non potevo immaginarla più di quanto si immagini il proprio viso adulto quando si è adolescenti; era cresciuta in me come una necessità, era tutt'uno con il mio essere e con la mia persona. Che apparisse agli altri, che avesse vesti sociali, non solo non mi importava ma mi pareva una contraddizione, una violazione. Avere aspettato tanto per essere uno qualunque?

Un pomeriggio non lo trovai all'albergo, dove ero arrivato all'ora consueta. Lo cercai dappertutto. Niente. La sua macchina, però, era parcheggiata al solito posto. Mi convinsi che era andato a casa nostra in taxi.

Rientrai a tutta velocità. La casa era vuota. Corsi in spiaggia. Marina e Angelica erano ancora sedute a riva, vicino alle rocce. Di Paolo nessuna traccia. Mi videro, Angelica fece per corrermi incontro, ma io mi voltai indietro, senza un saluto né una spiegazione.

Ritornai all'albergo.

Eccolo lì, al bar, che beveva un gin tonic. Senza badare alla mia agitazione e ai miei rimproveri, esibendo una calma completamente artefatta, disse che si era addormentato: non mi aveva sentito bussare.

Marina, per risparmiarmi la necessità di altri sotterfugi, mi diede il permesso di rimanere fuori la notte. Se volevo parlare, mi incoraggiò, era disposta ad ascoltarmi. Sapeva che prima o poi saremmo arrivati a questo punto.

"Vi ho visti," mormorò. "Quando sarai pronto a tornare, se sarai pronto..."

Non riuscì a continuare.

Ben presto arrivai a passare con Paolo, oltre che la notte, anche la maggior parte della giornata, in qualche spiaggia appartata o girando per l'isola, e a dedicare alla mia famiglia un'oretta stiracchiata, prima di cena, mentre Angelica si esercitava nella lettura, appoggiata al muretto della terrazza, sotto il fico.

Paolo si tranquillizzò. Ora poteva dire che ero tutto suo. Anche la sua pelle migliorò.

"Tu sei la mia rovina," mi sussurrava nell'orecchio, stringendomi forte, come uno che fosse scampato alla morte. "Guai a te se mi lasci... Guai a te!"

E io gli baciavo a uno a uno i puntini rossi delle guance e avevo il cuore pesante, perché lo amavo, nonostante la fatica.

Tornare a New York mi aveva sempre procurato gioia. Questa volta no. Non mi importava niente di essere lì. Questa volta sprofondai nella malinconia. E dire che avevo creduto che staccarmi da Paolo per un po' mi avrebbe fatto bene. La vacanza sarda era stata difficile; fin troppe volte, dopo una delle sue scenate, mi ero ritrovato a pensare che forse sarebbe stato meglio lasciarsi. Adesso scoprivo di essere incapace di vivere lontano da lui. Non avevo mai provato una simile nostalgia neppure quando passavo qualche periodo distante da Angelica, dalla quale, soprattutto i primi tempi, detestavo staccarmi. Quanto mi disperai quando Marina mi comunicò al telefono – quella volta ero a Budapest per un convegno – che Angelica aveva appena coniugato il suo primo verbo all'imperfetto! La disperazione di allora si rivelò assai inferiore a quella che provavo adesso. Da Angelica, peraltro, ormai constatavo di poter stare diviso senza dolore.

Non c'era cosa che mi interessasse o desse la minima soddisfazione, nemmeno la mia amatissima casa del Village. Mi sembrava di aver perso tutto, e non capivo perché. Men che meno mi importava dell'insegnamento, che era la ragione principale di quel mio soggiorno e che mi aveva sempre procurato molta gioia. Io volevo stare con Paolo, averlo vicino, amarlo. Solo questo volevo. Al telefono piangevo. E lui mi consolava, diceva: "Povero amore", e queste parole mi facevano piangere ancora di più.

Agli amici scrivevo lettere tristi. Mi lamentavo della solitudine, della fatica, dell'afa persistente che toglieva bellezza e allegria alla città.

Dormivo male, se pure dormivo.

All'angoscia si aggiunse il prurito, un prurito strano, diffuso in tutto il corpo, particolarmente acuto nelle zone più nascoste. Per giorni pensai che fosse un effetto della malinconia. Quando si sta male, la prima cosa che si fa è cercare le cause nell'anima. Una notte, non bastando più le unghie ad alleviare il tormento, mi alzai e mi ispezionai alla luce dell'abat-jour. Non vidi nient'altro che un diffuso arrossamento. Tornai a letto, ma dopo poco, convinto che qualcosa di esterno fosse la fonte del male, mi rialzai e ripetei l'ispezione in bagno. Abbarbicate ai peli delle ascelle, riconobbi con un certo sforzo della vista certe sferule. Le staccai, le appoggiai sul marmo del lavabo... Le sferule si mossero! Il mio corpo, dunque, era preso d'assalto, ascelle, petto, pube, dove il prurito raggiungeva la massima intensità. Da che cosa? Riaffiorarono all'improvviso vecchi ricordi. Alla scuola elementare giravano i pidocchi, che però io avevo avuto la fortuna di non prendere. C'era anche la poesia di Rimbaud... E i romanzi raccontavano di letti pieni di cimici...

Ma questi animaletti che cos'erano? Ne osservai uno da vicino, dopo averlo posato sulla scrivania, sotto il fascio della luce. Non sarà stato lungo più di due millimetri. Poteva passare per un grumo di polvere, anche per il colore. Ma aveva, come a un certo punto ebbi la capacità di distinguere, zampe e antenne. Si mosse, e io, con la stessa prontezza con cui in quella città avevo già tante volte agito contro gli scarafaggi, lo spiaccicai con un libro.

Telefonai a Paolo.

Mi disse di non perdere la calma. Dovevano essere piattole.

E dove le avevo prese?

Io sapevo che le piattole si trasmettono per contatto diretto; contatto sessuale. Subito pensai che doveva avermele date lui; che doveva averle anche lui!

Paolo, però, non disse di averle, non commentò la cosa in alcun modo né tradì alcuna emozione, nemmeno il dispiacere di sapermi assalito. E io, per paura di scoprire che mi avesse tradito, non gli feci domande e non lo rimproverai. Ma se lui non le aveva, perché non si meravigliava che le avessi io? Perché non era lui a rimproverare me? E come poteva non averle, se le avevo io? Se non me le aveva passate lui, come volevo convincermi, certo dovevo avergliele passate io...

Oppure la cosa si poteva leggere così: le piattole le avevo prese io chissà come e chissà dove, Paolo era riuscito a non prendersele da me e adesso, se non si pronunciava sul fatto che le avevo prese, era perché gli sarebbe stato troppo penoso interrogarsi sulla mia fedeltà.

Mi convinsi di averle prese in spiaggia. Non è comune, ma può capitare, lessi su internet. La condotta di Paolo, d'altronde, non lasciava spazio al sospetto. No, non avevo nessuna ragione per dubitare di lui, per contestare la felicità che avevo trovato, per vedere dietro la mia realtà un'illusione. Io avevo fiducia in lui e a questa fiducia non avevo alcuna intenzione di rinunciare.

Mi consigliò di andare in farmacia a procurarmi una crema che le sterminasse e di lavare tutti i vestiti e le lenzuola ad alta temperatura.

"Non perdere tempo con la lametta," mi disse. "Radersi non basta, perché le uova rimangono attaccate alla radice del pelo, dove la lametta non arriva."

"Sembra che tu abbia una certa esperienza nel campo..." mi uscì a questo punto.

"Anch'io ho il mio passato..." ridacchiò.

E pensai che con quella parola, "passato", avesse inteso rassicurarmi una volta per tutte.

Dopo la telefonata mi depilai le ascelle, il petto, il pube e lo scroto, prima con le forbici, poi con la lametta. Al prurito, così, aggiunsi il bruciore dei nuovi tagli.

Trascorsi il resto della notte rannicchiato su una sedia.

Il reperimento del rimedio si rivelò tutt'altro che semplice. Creme non ne esistevano. Il farmacista di Bleecker Street mi parlò di uno shampoo, che comunque non mi avrebbe dato prima che mi fossi procurato la ricetta. Battei tutte le farmacie del Village, ma ricevetti immancabilmente la stessa risposta.

Chiamai l'università per scoprire chi fosse il mio medico: in tanti anni non avevo mai avuto bisogno di vederlo.

Nel primo pomeriggio andai a trovarlo e, ottenuta la ricetta – non senza però essermi sottoposto a un accurato controllo delle ciglia, delle sopracciglia e dei capelli –, tornai dal farmacista di Bleecker Street.

Mi disse che lo shampoo sarebbe stato pronto il giorno dopo. Bisognava prepararlo.

Dopo molti inutili giri approdai a Tribeca, dove trovai un farmacista volenteroso.

Passata un'ora, mi fu consegnato un piccolo flacone rosso: la quantità era sufficiente per due lavaggi.

Ritornai a casa di corsa e sotto la doccia mi cosparsi con il prodotto, strofinai più che potevo e rimasi così a lungo, coperto di schiuma dalla testa ai piedi.

Mi raccontò che aveva passato il pomeriggio a pensare a Nicolas De Staël.

"Nessun altro pittore astratto ci mostra così bene che le forme non sono corpi preesistenti, non sono oggetti, ma nascono dal confronto di elementi diversi: la forma è uno spazio vuoto, la distanza tra due o più segni. Dal punto di vista di Nicolas De Staël, anche il più figurativo dei quadri è astrazione. Anche un Velázquez o un Courbet. Anzi, non esiste che l'astrazione. La natura è solo un'illusione, un errore filisteo. Nell'ultimo periodo De Staël passa al figurativo e si mette a dipingere addirittura paesaggi. Li hai in mente? Che cosa conta di più, in quei meravigliosi paesaggi...? La linea del contrasto. Ogni elemento del quadro, ogni pennellata, ogni colpo di spatola, ogni colore, serve a mettere in evidenza quella linea. Prendi i dipinti dei cieli: il cielo, o qualunque cosa sia, sovrasta la terra e sta per toccarla, ma – questo è il fatto essenziale – non la tocca. Quello che solo l'osservatore naturalista chiama orizzonte si frappone con insistenza, continua a dividere e, dividendo, ci induce a riconoscere gli elementi della composizione. Allora vediamo che il cosiddetto cielo è a sua volta un campo di contrasti, e pure la cosiddetta terra: tante piccole aree che lottano le une contro le altre per il diritto alla visibilità. Che non si tratti della solita opposizione tra cielo e terra si capisce dal fatto che l'aria nei quadri di De Staël non è meno pesante e compatta del suolo. Alla fine, li differenzia unicamente il colore. A qualcuno potrebbe venire in mente la metafora del taglio o della sutura. Invece qui non c'è violenza, non per me almeno. La linea del contrasto non è una ferita. La linea del contrasto tiene in equilibrio, impedisce l'ostilità, il conflitto, l'invasione, la confusione. È un incontro, mi capisci? Come il nostro... Bisognerebbe, semmai, parlare di crepa, fessura, intervallo minimo, interstizio, diastema, distanza di controllo... Quanto mi piacerebbe dipingere crepe!"

Mi lesse alcune lettere di De Staël, tra cui una che parlava della grotta di Altamira. E mi raccontò che anche lui aveva visitato qualche anno prima una grotta dipinta, nel Périgord, Pech Merle. Mi disse delle donne bisonte, dell'*homme blessé* (il primo san Sebastiano), delle impronte delle mani e dei piedi...

"La grotta fa un po' paura, con tutte le sue ombre, ma è un luogo ospitale... Ti rendi conto che quelle immagini resistono ancora dopo venticinquemila anni? Ah, poi a Pech Merle c'è un'altra cosa stupenda. All'aria aperta, proprio sopra la grotta, c'è una quercia vecchia più di trecento anni. Le sue radici hanno forato la roccia fino a toccare il suolo della caverna. Non capita mai di essere dove sono le radici. Non da vivi, almeno."

Mi piaceva che mi parlasse di pittura, la sua o quella dei suoi artisti preferiti. Io stesso gli chiedevo di farlo. Nella mia mente, se pensavo a Paolo, l'arte e la giovinezza si confondevano, si equivalevano, e facevano di lui un essere superiore a me, che avevo quasi raggiunto la mezza età – o forse l'avevo anche già superata – e passavo tutto il tempo a pensare alle parole.

"Poi sono passato a trovare Marina e Angelica," aggiunse cambiando discorso. "È andata benissimo, Marina è stata molto gentile. Mi ha offerto il tè e mi ha fatto un mucchio di domande sul mio lavoro. Se ne intende di arte la tua ex! Anche lei è una patita di Nicolas De Staël... Le ho prestato le lettere, che per caso avevo in borsa... Di te praticamente non si è parlato. È stata così gentile. Mi ha detto che sono molto carino... E non mi ha visto senza puntini! Ah, sai che cosa mi ha domandato Angelica? Se ero l'amico del papà... Le ho invitate in studio... Penso che verranno... Ho promesso ad Angelica che le insegnerò a dipingere con i colori a olio... Mi ha fatto vedere un suo disegno..."

Marina, dunque, era capacissima di sostenere un incontro con Paolo e la mia bambina di sei anni conosceva la situazione.

Avrei dovuto sentirmi sollevato. Non lo ero per niente.

"Non sarai mica arrabbiato, Valerio? Se ti avessi chiesto il permesso non me l'avresti dato. Così, senza disobbedirti, ho fatto tutto per bene, ho fatto la cosa che bisognava fare... È meglio così per tutti... Perché vuoi che continui a stare nascosto? Tu non sai quanto ho sofferto quest'estate in Sardegna... È meglio anche per te, per tutti... Anche Marina aveva voglia di conoscermi... Ti vergogni di me? Ti vergogni delle mie macchie? Adoro Angelica, è una bambina fantastica... Non devi preoccuparti per lei. Ma lo sai che quella piccola intrigante ha notato che i miei lobi sono tagliati?... A proposito, Marina mi ha consigliato un dermatologo, un vostro amico. Dice che è bravissimo... Perché a te non era venuto in mente?"

Senza dire una parola chiusi la comunicazione e telefonai a Marina.

"Ma si può sapere perché te la prendi tanto?" mi domandò.

Le spiegai che quell'incontro si sarebbe dovuto svolgere in mia presenza; che non trovavo giusto che facessero comunella a mia insaputa; e che Angelica fosse stata informata della faccenda da altri che da me... Poi, un'illuminazione.

"Tu hai un altro! Fingi di essermi amica, invece vuoi solo metterti la coscienza a posto... Allora, chi è? Con chi ti sei messa? Lo conosco?"

Marina ci mise un po' a rispondere.

"Valerio, sei fuori strada. Tu non sai proprio niente..."

E questa volta fu lei a riagganciare.

È una giornata luminosa e mite. Quando la segretaria viene a cercarmi in classe sono rivolto verso la finestra, a contemplare la chioma sanguigna dell'acero che occupa il centro del giardino. Mi vogliono al telefono, dall'Italia.

Il terrore mi asciuga la bocca.

Pianto in asso gli studenti e corro per il breve tratto che separa l'aula dall'ufficio. E, quando impugno la cornetta, sono assolutamente certo che Marina debba comunicarmi la morte di nostra figlia.

"Amore..."

Seguono solo singhiozzi. A fatica riconosco Paolo.

Dunque è morta Marina? O Angelica? Sono morte tutt'e due in un incidente d'auto, o qualcuno le ha ammazzate di notte...?

"Paolo, avanti, che cosa c'è...?" lo supplico.

"È terribile... Terribile..."

Si zittisce di nuovo.

"Ma cosa è successo?"

"Perdonami, Valerio! Perdonami, perdonami..."

Quella melodrammatica richiesta di perdono, trascinata per diversi minuti, in parte mi tranquillizza. Non ci sono dubbi. Paolo ha deciso di lasciarmi.

Viene da piangere anche a me. Ma all'abbandono c'è rimedio. Non sono arrabbiato, non mi sento disperato. Nell'attesa di sentirgli dire le parole del congedo, che tanta pena evidentemente provoca a lui per primo, capisco che posso vivere anche senza di lui, che non sarà poi troppo triste risvegliarmi dal sogno, che il sogno, in fondo, è solo sforzo...

Dato che non riesce a calmarsi, gli dico di mettere giù. Scendo in giardino e lo chiamo io col cellulare.

"Ieri sono andato dal medico a ritirare le analisi," ricomincia con voce più ferma.

"E allora?"

"Sono sieropositivo..."

Conosco la prima persona del verbo essere, e conosco anche quello strano aggettivo. Conosco anche la combinazione dei due, perché l'ho sentita usare nemmeno troppo tempo addietro dal mio amico Antonio. Ma in quel momento mi pare di sentirla pronunciare per la prima volta, come quando si sente pronunciare per la prima volta un'espressione straniera che si è solo incontrata in forma scritta. Paolo, di punto in bianco, è diventato straniero; è diventato quella frase, quell'assurda, inimmaginabile combinazione di elementi linguistici, quel pazzesco predicato nominale.

Mi appoggio al tronco dell'acero. Il mio spirito, per effetto di quelle due parole, ha incontrato la morte. Certo, respiro ancora, anche se a fatica, ma l'ordine in cui fino a pochi secondi prima mi sono pensato e riconosciuto è dissolto. E sprofondo sempre più in me, precipito nelle zone proibite di un silenzio antico, nel segreto pozzo del destino, dal quale le occupazioni consuete della mente ci tengono lontani. Così protetti, si vive. La mente, infatti, non vorrebbe mai contemplare la fine. Ma in questo momento io, che lo voglia o no, me la vedo davanti, come il suicida.

"Devi credermi," mi scongiura. "Non lo sapevo... L'ultima volta che ho fatto il test, l'anno scorso, il risultato era negativo!"

Gli credo.

Lui, non sentendomi parlare, non fa che ripetermi tra i singhiozzi:

"Devi credermi... Devi credermi...".

E poi:

"Mi potrai mai perdonare?".

Perdonarlo di che cosa?

Comincio a piangere la sua giovinezza minacciata, il suo povero sangue, del quale ho preteso di nutrire i miei fantasmi...

Mi vergogno.

*Io* devo chiedere perdono a lui!

Mi sento stupido e vuoto. Senza volere, ho offerto al Varzi un'altra occasione per rifiutarmi...

Incredibile, ma così è: in questo momento, mentre Paolo non smette di piangere e di disperarsi e io dovrei andare con la mente chissà dove e cercare chissà quale rifugio, ecco che penso di nuovo al Varzi. Non mi ha causato altro che dolore, quel Varzi. Davvero è arrivato il momento di lasciarlo, di distinguerlo una volta per tutte da Paolo; di restare solo con Paolo, lo straniero; e di amare lui per sempre, chiunque sia. Non potrebbe essere più chiaro ormai: Paolo sarà la vita che *devo* vivere e vivrò con lui fino alla fine, perché così voglio che sia.

"Devi andare anche tu a fare le analisi," mi implora. "Domani devi andare... Giuramelo..."

Dico che non c'è fretta, le farò in Italia... Che cambia aspettare un po'?

Ma lui non vuol sentire ragioni.

"Domani, devi andare *domani*! Finché non so che a te non è successo niente, non mi do pace."

Torno in aula e sospendo la lezione.

Per il resto della giornata non ci sentiamo più. Ma non

smetto un momento di pensare a lui, non smetto un momento di piangere.

La sera controllo la posta elettronica e trovo una sua mail. Mi chiede di lasciarlo. Lui, purtroppo, non è in grado di lasciare me. E un'ultima volta invoca il mio perdono e mi ordina di non dimenticare che sono il suo grande amore. Che lui è nato per amarmi.

Scelgo un laboratorio di analisi fuori dall'università, trovato su internet. Rinunciare alla copertura dell'assicurazione significa pagare parecchie centinaia di dollari, ma preferisco così. Meglio non esporsi. So che ai sieropositivi stranieri è negato il diritto d'ingresso negli Stati Uniti d'America. All'accettazione, per ulteriore prudenza, non do il mio nome ma quello di Paolo.

Faccio anticamera in una specie di sgabuzzino: c'è spazio solo per una sedia e un ripiano, su cui stanno ammucchiate vecchie riviste di viaggi. Ho il tempo di sfogliarne molte. Poi la porta si apre e vengo ammesso in uno stanzino poco più grande. Là dentro almeno c'è una finestra, attraverso la quale si scorgono le cime degli alberi di Central Park, che l'autunno già ha tinto di giallo e di rosso.

Capito tra le mani di una ragazzina. Mi buca il braccio in più punti. Dice che le mie vene sono nascoste... Mai saputo. Chissà, per l'occasione avranno deciso di ritrarsi. Finisce che il sangue me lo preleva dal dorso della mano destra, dove le vene sono ben visibili.

A piedi arrivo al parco e telefono a Paolo.

"Le hai fatte?... Quando si sapranno i risultati?... Hai fatto anche quelle della sifilide?"

La *sifilide*?

Un'altra parola che fino ad allora ho associato esclusivamente alla letteratura. Neppure immaginavo che potesse ancora indicare una condizione presente... Paolo, senza essere Maupassant o Nietzsche o Baudelaire, o il cenòmano che casca a pezzi nel poemetto rinascimentale che introdusse il nome dell'infezione, ha preso anche quella. I rossori e le desquamazioni ecco che cos'erano: i sintomi della sifilide; o meglio, del secondo stadio della sifilide, quello che precede l'infezione mortifera dell'apparato neurologico. La quale sifilide – chi immaginerebbe che fosse in origine il nome di una ninfa? – ormai ama accompagnarsi al virus dell'HIV. Se c'è l'una, è assai probabile che ci sia anche l'altro.

Però, si affretta a spiegarmi Paolo, la sifilide adesso si cura, basta un'iniezione di penicillina; non è più un "problema"...

"Ma perché non me l'hai detto prima?" esplodo.

Comincia a piangere.

"Se ti dicevo tutto in una volta, avevo paura che avresti pensato male di me..."

Torno al laboratorio e, dopo la solita attesa, sborsata un'altra piccola fortuna, sottopongo le braccia a una nuova serie di perforazioni. E di nuovo la ragazzina mi preleva il sangue dalla mano.

Compro un caffè per strada e aspetto i risultati su una panchina del parco. Il sole è ancora tiepido. Si sta bene. Le foglie degli alberi scintillano nel vento. Una signora anziana si siede vicino a me, apre un sacchetto e mi offre una mela. Rifiuto, non ho fame.

Sono tranquillo, però, l'incertezza non mi turba. Vista la morte, gli occhi della mente, pur senza essere capaci di distogliersene, a un certo punto scelgono di chiudersi; questa possibilità non è vietata, e offre un momentaneo scampo, con la speranza che, quando si saranno riaperti, si parerà davanti un altro spettacolo; che anche la morte si rivelerà solo un'illusione.

Passo il tempo di quest'attesa a sperare. Che almeno sia risparmiato io; che mi sia lasciata la capacità di dedicarmi completamente alla salute di Paolo, senza stare in ansia per la mia.

Ma spero anche di averlo preso pure io il virus. Infettati entrambi, mi riprometto, ci sosterremo a vicenda, non ci sarà alcuna disparità tra noi, perché l'amore non lo vuole.

I risultati me li comunica un dottore, un bell'uomo sulla trentina. Non c'è bisogno che li annunci a voce. Glieli si legge in faccia. Più che dispiacere, c'è imbarazzo.

Prima che io abbia modo di mettermi a piangere o di dare in escandescenze – ma in questo momento sono incapace di esprimere qualunque emozione –, si affretta a rassicurarmi, come è evidente che deve aver fatto già con molti altri. *Come on, come on, Paolo*, non è mica una tragedia... La sieropositività non è peggio del diabete... Morirai d'altro... Ormai per i sieropositivi l'aspettativa di vita è di quindici, vent'anni... E quando ritengo di essermi infettato? Di sicuro non da molto, a giudicare dal numero ancora elevato di CD4, quasi mille... Mi sono per caso ammalato in modo strano e imprevisto? Una febbre alta, apparentemente inspiegabile?

Mi torna in mente la strana febbre dell'estate scorsa, che mi ha assalito davanti alla tomba di mio padre.

*That's it!* È successo allora... Il virus ha superato la barriera delle difese, magari facendosi strada attraverso un taglietto della pelle – il dottore schizza un disegnino su un foglio –, e il mio organismo, riconosciuto l'estraneo, ha risposto con il sintomo della febbre... *It happens...* Non è *the end of the world...* Prenderò i miei farmaci, eviterò i grassi e gli alcolici, farò moto, terrò a bada lo stress... E me la caverò benissimo... Magari nel frattempo salterà fuori il vaccino risolutivo...

Comunque, aggiunge il dottore, non è ancora detta l'ultima parola. Il mio sangue sarà sottoposto a un ulteriore controllo. Capita, infatti, che le prime analisi diano dei falsi positivi... *Come back tomorrow, or just give us a call...*

Parla in fretta, il dottore, secondo un copione ben collaudato; e mi dà pacche sulle spalle, più perché mi tolga dai piedi che per consolarmi.

Prima di uscire mi ricordo di chiedergli della sifilide.

*Of course, syphilis...*

Il bel dottore guarda il referto.

*Good news*, niente sifilide. *You're a lucky man, Paolo...* E dire che quella si prende come niente, *one kiss...*

In strada tiro fuori dal portafogli la foto del Varzi e, senza guardarla un'ultima volta, la straccio. Addio, Varzi. Finalmente è finita... Sono sposato con Paolo, adesso. Non solo. Ieri ho creduto che mia figlia fosse morta. Oggi scopro che l'incontro dei nostri sangui ne ha messa al mondo una seconda.

Benvenuta al mondo, Malattia!


Quindici, vent'anni, mi ripeto per il resto della giornata... Ecco quanto durerà la vita che ho tanto cercato... Posso quasi tenerla in una mano... E che cosa ci farò con questa piccola vita? Che cosa non avrò il tempo di fare? Non riesco a pensare, non riesco a vedere niente, se non Angelica poco più che ventenne, e Paolo, che ha appena compiuto l'età che ho io adesso... Qualcuno potrebbe dire che, in questo modo, mi verrà risparmiata la vecchiaia. Io, però, mi sento di colpo vecchissimo... No, non c'è un momento da perdere, se è vero che il virus l'ho preso anch'io.

La mattina dopo chiamo, dico il mio nome, cioè quello di Paolo, e una voce che non conosco, poco dopo, conferma: *Yes, HIV positive.*

E subito penso che non avrei dovuto mentire, che, se avessi detto Valerio, le cose forse sarebbero andate diversamente... Troppo tardi, ancora una volta.

Le mie braccia sono cosparse di ecchimosi, grosse chiazze, nere come inchiostro, dai polsi fin sopra i bicipiti.

A parte questo, che cosa è cambiato?

Sì, adesso so: il mio sangue non è più il mio sangue.

Ma sapere è un cambiamento? Sono ancora io, dopotutto. Stessa faccia, stesso corpo, stessa forza. Per quanto ancora? Quando avrà inizio la metamorfosi? Chi se ne accorgerà per primo? Io? Paolo? La gente? Sarà un dettaglio dell'aspetto? Sarà la voce? Lo sguardo? Sarà la camminata o il respiro? Non importa. Prenderò i farmaci prima che la malattia cominci a far danni e nessuno si sarà accorto di nulla. Chissà quanti intorno a me già lo stanno facendo... I lividi, poi, non ci metteranno molto a riassorbirsi. Chi ha il cancro se lo toglie e riprende a vivere come prima, se è in tempo. E noi siamo in tempo.

Il tempo...

Cominciai a contarlo come un orologio.

Quello che non sapevo, però, era moltissimo. E il non sapere, anzi, l'incapacità di conoscere l'oggetto in tutta la sua insondabile grandezza – per quanto la mente creda di conoscerlo e di possederlo per intero, come vuole la naturale tendenza a presumere e a definire nella maniera più rapida possibile qualunque esperienza –, spinge a concentrare la mente su oggetti minori, vicini e raggiungibili. Quando muore qualcuno, non ci si preoccupa della morte, ma dei fiori, del legno della cassa, dei paramenti.

La nostra malattia, d'altra parte, non era paragonabile al cancro; la nostra malattia era una promessa di malattie – polmoniti, meningiti fulminanti e, sì, certo, cancri, cancri di varie specie, intestinali, cerebrali, rettali...

Presente, era assente; e l'assenza era una presenza, una minaccia continua, la certezza della fine.

La nostra malattia era paragonabile, semmai la si poteva paragonare a qualcosa, alla vecchiaia. L'ho già detto, ero invecchiato di colpo, io che credevo di avere ritrovato la giovinezza... E Paolo, che era ancora giovane, in effetti non lo era più. Lui, all'improvviso, come se un incantesimo si fosse rotto, era perfino più vecchio di me, perché il virus era entrato in lui per primo.

Ora capivo – e sempre più l'avrei capito – che ero fatto per morire, che stavamo per morire. Tutti muoiono, certo, tutti sanno che non dureranno in eterno. Ma non tutti lo sanno con la chiarezza con cui adesso lo sapevo io.

C'era da consolare Paolo.

Alla notizia rispose con dieci, venti, trenta *No!... No! No! No! No! No! No!* Singhiozzati, urlati come bestemmie... *No! No! No! No! No! No! No! No! No! No! No! No! No! No! No! No! No! No! No! No!*

E io a rincuorarlo, a ripetere di non fare così, che andava tutto bene.

Si dava la colpa, mi chiedeva di nuovo di lasciarlo, che lo meritava...

Ma io non volevo sentir parlare di colpa, gli rispondevo che non l'avrei mai lasciato, mai. Che la smettesse; non saremmo andati da nessuna parte, se non la smetteva; avremmo distrutto il nostro amore, ci saremmo logorati, immiseriti, rinchiusi nella malinconia... Nessuno mi aveva tolto niente, men che meno lui.

"Tu mi hai ridato la vita..." gli dissi.

Nella mente non smetteva di comparirmi la grotta di cui Paolo mi aveva parlato qualche giorno prima al telefono. Io ero quel vuoto d'ombre, sotterraneo e dimenticato, lui quella radice che trapassava strati millenari di roccia e portava fino a me la sua immortalità.

Per giorni le nostre telefonate e i nostri scambi di messaggi elettronici parlarono la lingua dei padri confessori. Uno implorava, l'altro assolveva. E ancora ignoravamo, ignorando di ignorare, che il vocabolario cui eravamo abituati aveva perduto le sue funzioni; che non intendevamo quel che dicevamo, anche se ci pareva di intenderlo e così doveva parerci. Quanta fatica, in tante parole, che confondevamo per un sollievo! Non si considera mai, quando si cerca di descrivere la malattia, la natura prima di tutto linguistica della sofferenza; lo scontro con l'indicibile, con l'insufficienza della semantica, con l'imprecisione, con la provvisorietà delle conclusioni, come se in una terra straniera mettessimo alla prova tutte le lingue che conosciamo e nessuna alla fine si rivelasse utile, neppure il silenzio. E proprio questo, il silenzio, noi ci sforzavamo di contrastare il più possibile.

Qualcosa di enorme e irreparabile era accaduto, e noi non avevamo le parole per parlarne, non avevamo il pensiero per pensarlo. Io avevo trovato finalmente l'amore, e l'amore mi infliggeva la malattia più temuta e detestata degli ultimi decenni, la malattia delle malattie, quella che dà a un raffreddore il potere di mandarti sotto terra. Paolo, ottenuto l'uomo per il quale era stato programmato geneticamente, versava veleno nella matrice stessa della sua identità... Perché questo è il sistema immunitario: il risultato evolutivo di una strenua volontà di essere sé stessi e non altro; il corpo che impara a dire: "Io sono io e tu sei tu"; il corpo che si impegna a distinguere i pronomi; inventa una grammatica, sancisce il suo diritto alla riconoscibilità, pretendendo di conoscersi.

La lingua nasce dalle cellule, e nasce come protesta di autonomia. Questa è la salute.

Tutto ciò che non è io è nemico.

L'amore rappresenta l'unica condizione in cui il non io non porti morte e sia accolto senza apparente pericolo. Ecco il paradosso in cui io e Paolo eravamo caduti; ecco il folle strafalcione, l'ossimoro da correggere.

Perfino una stella marina sa di essere sé stessa; senza questa certezza, il *Limulus polyphemus* non sarebbe il fossile vivente che è. E io come avevo utilizzato il privilegio di sapermi me stesso? Che irresponsabilità, sprecare milioni di anni! Infatti, il corpo distingue, ma la mente confonde, mischia, sovrappone. La mente ha tutta una sua evoluzione. Affinandosi, sviluppa il desiderio di ritrarsi verso l'indistinto; soffre, evidentemente, di nostalgia.

Mi ero ammalato per una grave svista del pensiero. Non avevo fatto che scambiare posto alle cose; avevo messo l'oggetto nella traccia sbagliata, come le anime limacciose che condannava Socrate...

Eppure ci credevamo, lui alla sua colpa, io alla mia capacità di perdonare. Ognuno, a suo modo, tentava di riconciliarsi con l'errore come riteneva giusto, come suggerivano le usanze del nostro mondo. Ma la storia non si corregge. Scoprimmo l'irrevocabile, e questa fu una delle poche scoperte che avremmo condiviso nella non condivisibile strada che stavamo infilando.

La malattia non volevamo che ci unisse. E invece ci avrebbe unito più dell'amore; sarebbe stata la forma stessa dell'amore. E ci avrebbe unito non tanto la volontà di metterla da parte, di minimizzarne gli effetti negativi, quanto l'incapacità di renderla una cosa di entrambi.

La malattia non esiste. Esistono solo i malati, e ciascuno fa storia a sé.

Sostituii "colpa" con "sfortuna". Questa parola piacque a Paolo, questa parola ci aiutò; in quei primi giorni ci fu alleata. La sfortuna, ci dicevamo, non ci separerà, non prevarrà sulla fortuna che ci ha fatti incontrare. Non *dovevamo* cedere alla paura e alla rabbia, e non *dovevamo* agire diversamente da come avremmo agito se la cosa non fosse accaduta. *Dovevamo* capire che eravamo stati solo sfortunati... Quante volte in quei giorni il verbo dovere entrò nei nostri ragionamenti!

Paolo provò ad anticipare la sua visita. Glielo proibii. Per quale motivo? Che bisogno c'era? Lui doveva finire l'organizzazione della nuova mostra. Si concentrasse su quella, che era la cosa più importante. Io stavo benissimo. E comunque, non mancava molto al nostro incontro.

Impossibile, invece, fu dissuadere Marina. Angelica fu lasciata a mia madre e, due giorni dopo, sul finire di un pomeriggio grigio e piovoso, in cui i fari delle automobili parevano lucciole nella nebbia, andavo a prendere la mia ex moglie al JFK. A Paolo non ebbi il coraggio di dirlo.

Povera Marina: si era già trasformata nella mia vedova.

La notte dormivo profondamente, come non dormivo da molto tempo. Posavo la testa sul cuscino, mi nascondevo sotto le coperte e, abbandonato da tutti i pensieri, smanioso di pace, mi consegnavo al sonno. Nel sonno era la salvezza, il benessere, come canta il coro del *Filottete*.

A Marina continuavo a dire che stavo bene, che non mi trattasse da malato con tutte le sue raccomandazioni: e copriti, e non stare nella corrente, e asciugati i capelli; e non metterti le mani in bocca, e fa' sport; e bevi tè verde; e mangia cose rosse, che hanno tante vitamine; e controlla i nei più spesso; e scordati di tornare in Egitto e in India ecc.

Invece malato lo ero, già lo ero. La mia malattia si manifestava per il momento, come dimostrava l'immediatezza con cui il sonno mi prendeva, in un disperato desiderio di oblio.

Di giorno mi rifugiavo nella lettura degli antichi. Li avevo sempre amati. Ora ne dipendevo.

La mia attenzione era totalmente assorbita da quello che leggevo. Benché lavorassi su testi che conoscevo in gran parte a memoria, nella mia nuova condizione notavo cose che non avevo mai notato; certe bellezze e certe verità mi si rivelavano ora per la prima volta. *Sunt lacrimae rerum... Infandum dolorem... Fugit retro levis iuventus...*: adesso sapevo che cosa significavano veramente. L'innamoramento di Didone adesso mi pareva la fotografia di un'infezione: *At regina gravi iamdudum saucia cura/ vulnus alit venis et caeco carpitur igni.* Ritrovai la gioia dell'insegnamento. In realtà non si può dire che fossi felice di entrare in aula. Insegnare significava non tanto trasmettere ad altri il senso delle mie riflessioni, quanto provare a me stesso davanti a testimoni la potenza di ciò che leggevamo. In quegli scritti così elaborati e pieni di sapere si trovava esemplificato un ordine intoccabile, che aveva retto alla furia dei secoli e chiedeva solo che lo ammirassimo. Guardate come pensano Virgilio e Orazio; quanto è giusto tutto quello che esprimono le loro parole... *Try to understand...* Capite, capite!

Capire... Essere forte... Imparare dagli antichi a non sprecare il proprio essere, a concentrarsi, a opporsi alla rovina, come una bucolica o un'ode... Quanta consolazione offriva Orazio! Tradussi la poesia del Soratte:

*Vedi sotto la nevicata alzarsi*
*Bianco il Soratte e i boschi affaticati*
*Più non reggere il peso e il gelo acuto*
*Arrestare la corsa dei torrenti.*

*Sciogli il freddo sul focolare legna*
*Ponendo in abbondanza e generoso,*
*O Taliarco, versami di quattro*
*Anni vino dall'anfora sabina.*

*Lascia il resto agli dèi, che all'improvviso*
*Abbattono nel mare ribollente*
*Le battaglie dei venti, né i cipressi*
*S'agitano più né i frassini antichi.*

Non domandare quale sia domani
Ed ogni giorno che darà la sorte
Consideralo guadagnato e i dolci
Amori non sprezzare né le danze,

Ragazzo, finché la canizie odiosa
Risparmia i tuoi verdi anni. Adesso il Campo
E le piazze e i sussurri lievi al buio
Tu ricerca nell'ora convenuta.

Adesso il caro riso che tradisce
La ragazza nascosta nel segreto
Angolo e il pegno strappato dal braccio
O dal dito incapace di resistere.

Tradussi anche quell'altra:

Tu non chiederlo, perché non si può
sapere quale fine abbia assegnato
a me, a te, il cielo. Interpellare
i dadi, amica, è vano. Meglio prendere
ciò che sarà come sarà. Che iddio
ci abbia assegnato più inverni o ci dia
per ultimo questo che ora affatica
sui sassi il mare, tu sii saggia: filtra
il vino e spezza le ali alla speranza.
Intanto che parliamo fugge il tempo
avaro: vivi adesso interamente,
per nulla fiduciosa del futuro.

Che ogni parte, come ogni parola nel verso, sostenga l'altra e irradi energia in tutte le direzioni e contenga il prima e il dopo, in un presente che non si sfalda e corrisponde alla totalità del tempo vivibile. *Carpe diem*. Non sprecare un momento: ecco il vero significato di quelle due paroline fortunate... Il malato non può concedersi distrazioni o riposo. Il malato, ricercando la vita che sente di aver perduto, è l'individuo più indaffarato del mondo, il meno disposto alla quiete. Né può rimandare. *Spem longam reseces...*

La parola speranza scomparve proprio dal mio vocabolario. L'attesa del futuro si tramutò in constatazione della perdita presente.

Mi scoprii invidioso. Non lo ero mai stato. Non avevo mai voluto più di quanto possedevo già o pensavo di potermi procurare con le mie sole forze. Ma ora le forze sarebbero bastate? Invidiavo i miei studenti. Mi misuravo con loro. Loro avevano la salute. Io non più. Il virus era in me, ovunque: nel sangue, nelle profondità della carne, nei luoghi più riposti dell'organismo, e da lì non se ne sarebbe mai andato. In una cosa, però, avevo un vantaggio. Io sapevo. *Dum loquimur.* Anche loro stavano morendo, i giovani americani. *Dum loquimur.* Io più velocemente, certo, ma anche più velocemente avevo cominciato a ri-vivere. Io sapevo, e loro no. Loro rinviavano, si stancavano, perdevano il filo. Sbuffavano per la fatica! E così loro facevano il gioco della morte. Io no. Più mortale, ero più vivo. Per questo mi piaceva entrare in aula.

Marina insisteva che tornassi a Milano; che cominciassi al più presto la cura. Io non lo ritenevo necessario. L'infezione era fresca. E poi non potevo partire da un giorno all'altro senza rovinare i miei rapporti con il dipartimento.

Comunque, era scorretto parlare di cura. La cura non esisteva. Io non sarei mai stato curato, se lo mettesse bene in testa. Sarei sempre stato un malato. Un malato *cronico...* Non era un controsenso? Il malato non è uno che duri nel *chro-*

*nos.* O supera la malattia, o ne muore; non resta malato per sempre. Io e Paolo, invece, saremmo stati sempre così. La malattia ci eternava, per quanto ci si possa eternare in questa breve vita.

La parola da usare era semmai *terapia*, altro bel vocabolo di origine greca che indica qualunque forma di rispetto, compresi il culto degli dèi e l'allevamento degli animali.

Marina disse che non era questo il momento di sottilizzare, ci eravamo capiti benissimo. D'accordo, *terapia*, concesse... Avevo una figlia. Non me lo ricordavo?

Mi chiese di tornare a vivere con loro.

"Avanti, non ostinarti, Valerio... Paolo è un caro ragazzo, ma non fa per te... La tua casa è con noi... Lo sai che ti vogliamo bene... Se torni, sarà tutto come prima..."

Continuava a credere che il nostro matrimonio durasse; che con Paolo mi fossi solo tolto un capriccio. Che Paolo fosse stato soltanto una fregatura...

"Ci penserò," le risposi.

Quella notte lasciai che dormisse con me. Mi aderì alla schiena e mi diede il bacio della buonanotte sulla nuca, come una volta.

Dopo l'iniezione Paolo si coprì di nuove macchie. Era allergico alla penicillina. Il medico a questo punto suggerì di passare alla procaina. Non era proprio l'ideale, ma funzionava. Un'iniezione al giorno per otto giorni. E poi controlli ogni sei mesi, per due, tre anni.

Arrivò a New York solo per la fine di ottobre, alla vigilia di Halloween. Non ci vedevamo da quasi due mesi. Come parlare di quell'incontro? Infatti lì, al JFK, non ci stavamo semplicemente ritrovando. Questo era un altro primo incontro. Nessuno dei due era ormai più lo stesso. Nessuno dei due aveva più lo stesso sangue.

Vedendomi, avvampò. Per fortuna avevo avuto l'idea di comprare un mazzo di fiori. Glieli allungai e lui ci affondò il viso.

Lo trovai dimagrito. Però, era ancora bello. Delle macchie non restava traccia.

Mi domandò se mi piaceva il vestito che indossava.

"Molto," dissi.

Non lo avevo mai visto così elegante.

E lui:

"L'ho comprato in tuo onore...".

Mi vennero le lacrime agli occhi. Percorremmo i corridoi dell'aeroporto in silenzio, e in silenzio salimmo su un taxi.

La confidenza che avevamo riguadagnato per telefono giorno per giorno se n'era andata. Eravamo contenti di essere di nuovo insieme, ma non riuscivamo a esprimerlo a parole. Non osavamo neppure guardarci negli occhi. Avevo programmato di passare i giorni successivi fuori città, per fare una cosa diversa. Il tempo era ancora bello. Prima, però, visitammo Ground Zero ed Ellis Island, e tornammo al Metropolitan Museum, e a Chelsea cenammo con un gallerista che sembrava interessato al suo lavoro. Per tutta la sera Paolo mi tenne la mano, sopra e sotto il tavolo, senza preoccuparsi di imbarazzare me o il nostro commensale. D'altra parte, eravamo a Chelsea, lì due uomini che si tengono per mano non costituiscono una stranezza. Il gallerista, in effetti, non sembrò farci caso. Ma Paolo, probabilmente, la mano in quel momento me l'avrebbe tenuta anche nel centro di Mosca. Aveva bisogno di ridire al mondo che ero suo, e io glielo permettevo, e gliene ero grato.

Il quarto giorno affittammo una macchina e partimmo. L'autunno indossava il suo manto più variopinto. Molti alberi erano già quasi del tutto spogli, ma restavano ampi sprazzi di rosso e di giallo, in tutte le gradazioni. Paolo non smetteva di fare fotografie e di parlarmi dei colori, e io lo ascoltavo e lo benedicevo e mi dicevo: Questo è il mio ragazzo; questa è la mia vita.

Passammo il pomeriggio negli Hamptons, in riva al mare. Le ville erano già tutte chiuse. Sulla spiaggia c'eravamo solo noi.

Prima di sera arrivammo a Sag Harbor.

All'American Hotel ci fu data una stanza fin troppo ampia e confortevole. Paolo la trovava assurda e pacchiana, e rideva del gran numero di cuscini ammucchiati sul letto, delle dimensioni di quello, del bagno e della vasca, del rosa sgargiante della tappezzeria. Non l'avevo mai visto così divertito. Sembrava, finalmente, felice.

Ci spogliammo e ci stendemmo sul letto, uno a fianco all'altro. Dovevamo fare l'amore. Non l'avevamo ancora fatto. Nessuno dei due, però, prendeva l'iniziativa. Neanche il sesso sapevamo più che cosa fosse. Sarebbe stato la stessa cosa? Ma poi *dovevamo* farlo davvero? Dovevamo fidarci? Avevamo il coraggio? Il sesso ci aveva ingannato, si era preso gioco delle nostre vite. Come credergli ancora?

Ci abbracciammo e rimanemmo abbracciati a lungo, mentre fuori cresceva il buio.

Poi mi alzai e riempii la vasca. Ci entrammo insieme. Paolo appoggiò la schiena al marmo e io appoggiai la testa sul suo petto. Non so se lui abbia conservato un ricordo di quel bagno. Io non lo dimenticherò mai. Non dimenticherò mai il rumore dell'acqua che mi riempiva le orecchie, il silenzio subacqueo, pieno di echi e di risonanze; il suo respiro breve; il riflesso delle finestre art déco nell'acqua ferma.

Nessuno dei due osava cambiare posizione. In quell'acqua la nostra realtà appariva nella sua più incontestabile chiarezza e, con la nostra realtà, tutto quello che non era più. Non eravamo mai stati tanto uguali, tanto vicini, tanto lontani da tutto, dai luoghi familiari e dal passato; e, ritirandoci con lo stesso passo in qualcosa di ancora indescrivibile, avevamo paura. Entrambi avremmo voluto che quel bagno durasse in eterno, che ci mondasse dall'impurità e dal destino, che ci smemorasse come un Lete.

Ma l'acqua si raffreddò, rabbrividimmo, ci guardammo i polpastrelli raggrinziti. Mi voltai a dargli un bacio e gli domandai:

"Sai chi ti ha passato il virùs?".

Paolo uscì dalla vasca e si avvolse nell'accappatoio.

"Ha importanza?" rispose, mentre si ispezionava la faccia allo specchio. "Non lo so... È capitato... Hai visto che non ho più mezza macchiolina?... Dài, andiamo a letto..."

Obbedii.

Con sollievo constatai che niente era cambiato. Il piacere era perfino superiore. Ci amavamo, ci amavamo ancora! E, sì, dovevamo fare l'amore, dovevamo rivoltarci contro la sfortuna, la rabbia, la delusione. Al diavolo i fantasmi del disfacimento!

Avvicinandomi all'orgasmo, fui preso da un dolore bruciante; un dolore del tutto nuovo, che mi strappò un urlo. Uscii da Paolo e il mio seme eruppe a fatica, come impedito da una forza interna, in grumi compatti e scuri.

"Sembra caviale rosso," commentò lui, osservando quella materia ignota alla luce dell'abat-jour di seta.

Il bruciore che aveva accompagnato l'eiaculazione mi aveva lasciato un brutto malessere. Il corpo, consapevole ormai del pericolo, aveva cercato di proteggermi, rendendomi odioso l'atto dell'amore. Sostituito il piacere con la sofferenza, non avrei più desiderato la copula; e così non mi sarei più ammalato... Ma il corpo non sapeva che in questo caso la sua memoria non valeva per il futuro; che della malattia da cui si impegnava a tenermi lontano ci si ammala una volta sola e quella volta è per sempre.

O forse il corpo intendeva *punirmi* per l'imperdonabile ingiustizia che avevo commesso nei suoi confronti? Ma non era già il contagio stesso una punizione, qualunque fosse la mia colpa, aver abbandonato la mia famiglia o aver rimandato troppo a lungo l'inizio della nuova vita? Non meritavo, invece, proprio dal mio corpo consolazione, un piacere perfetto che fuori dell'atto sessuale ormai mi sarebbe stato negato per sempre?

"Non sei venuto..." dissi a Paolo.

"Non importa, va bene così... Stenditi vicino a me, chiudiamo gli occhi..."

No, che non andava bene. Mi allungai al suo fianco e ripresi ad accarezzarlo e a baciarlo, finché il suo respiro non tornò concitato e i suoi occhi non tornarono a chiudersi, e poco dopo anche lui eiaculò, con il consueto trattenuto affanno. Il suo seme corse in una piega del lenzuolo, chiaro e pulito, non sozzo e putrido come il mio. Ci abbracciammo, ma provavo solo invidia, non pensavo che pure quel seme era malato, sentivo la malattia solo cosa mia...

Avremmo fatto l'amore altre volte nei giorni seguenti, e ogni volta l'orgasmo, nonostante le mie resistenze, mi avrebbe portato inevitabilmente pena e spavento, celebrando la fatalità del male.

Nel 1835, dopo aver trascorso diciassette anni in giro per l'Europa ed essere divenuto il primo autore americano di fama internazionale, Washington Irving rientrò in patria, comprò un vecchio cascinale olandese sulle rive del fiume Hudson, a Tarrytown, e lo trasformò nella sua residenza. Del luogo si trova un'affettuosa descrizione nella prima pagina del suo racconto più famoso, *La leggenda di Sleepy Hollow*. Circondato dai ricordi della vita precedente e consolato dalla pace del paesaggio fluviale – oltre al maestoso Hudson scorre in quella valle, bagnando il cimitero, anche il piccolo Pocantico –, Irving, per alcuni anni, prima di cedere di nuovo al richiamo delle sirene europee, si rassegnò a indossare i panni della divinità letteraria che i compatrioti gli avevano confezionato in sua assenza. Stuoli di fedeli, celebri e no, gli rendevano omaggio ogni giorno e lui a tutti, senza fare distinzioni, concedeva una benevola stretta di mano e qualche parola gentile. Dal suo nome germogliarono titoli di ogni genere e il suo ingegno, che tendeva a neutralizzare l'elemento ostile e a familiarizzare con qualunque lontananza, rinominò i luoghi della vita e della morte: la casa fu Sunnyside e il cimitero dei pionieri olandesi Sleepy Hollow, dove, all'ombra di iscrizioni ormai incomprensibili, lui stesso riposa dal 1859, in compagnia di trentanovemila altri.

La nostra guida era l'individuo più assurdo che si possa immaginare: un vecchio in costume vittoriano, una caricatura d'uomo, che si distingueva, ancor più che per il travestimento, per l'aspetto decrepito e deforme. Tutta la persona era una grandiosa maschera e ti veniva il dubbio se veramente non ti trovassi in presenza di una figura contraffatta fin nei connotati. Chi poteva permettere che un uomo di quell'età, di quell'aspetto, esponesse la sua mostruosità alla vista di tanti estranei che pagavano? Credevano forse che Sunnyside ci sarebbe parsa più degna del suo creatore, più *invitante*, se il ruolo di custode lo avesse ricoperto un gibboso matusalemme? E lui perché si prestava a quella farsa? Per non dire della fatica e degli sforzi che quel lavoro gli costava. Sulle scale ansimava come un moribondo. Una volta arrivato in cima, fu scosso da una tosse violenta e prolungata. Tra i presenti più di uno, in più momenti, fu sul punto di invitarlo a sedersi, a smettere quella tortura, per il suo e per il nostro bene, ma il vecchio, che evidentemente era abituato alla sofferenza, riprendeva la spiegazione prima che gli altri lo fermassero. Parlava a bassa voce, come se a parlare fosse costretto per castigo, come se non ne potesse più; dovevi stargli quasi attaccato, sentire, con le sue parole, i sibili, i borborigmi, le emanazioni del suo fatiscente organismo, accompagnarlo, per quel tratto di tempo, nello sfacelo fisico. Erano pochi quelli che ascoltavano. Gli altri cercavano di tenersi a una certa distanza, ma le dimensioni degli ambienti non permettevano di allontanarsi più di qualche metro. Era dottissimo e parlava un inglese forbito, facondo, benché vagamente cadaverico, che non era una simulazione pagliaccesca, come il suo abbigliamento. Recitò a memoria una pagina della storia di Rip van Winkle, l'uomo che dormì per vent'anni nel bosco e al risveglio trovò tutto mutato.

Qual era il passato di quel vecchio? Aveva frequentato l'università? Come si era mantenuto? Ce lo domandavamo, in silenzio, tutti. Alcuni, si capiva, scalpitavano in un imbarazzo insostenibile, ma non si poteva scappare. In ogni stanza in cui il gobbo ci introduceva, dopo aver raspato un gran mazzo di chiavi, eravamo prigionieri, bloccati tra una porta appena serrata e un'altra non ancora dischiusa.

Quando raggiungemmo il giardino, da dove si poteva ammirare la torretta iberica – omaggio ai monasteri che Irving aveva visitato in Spagna –, tirammo tutti un sospiro di sollievo, rincominciammo a respirare: avevamo bisogno d'aria, di ripulire i polmoni dell'atmosfera ammorbante dell'interno, di separare i nostri fiati da quello agonizzante del vecchio.

Alla luce del giorno il suo biancore era ancora più lugubre, e i suoi tratti eccessivi sembravano voler portare via spazio anche al paesaggio. Io non riuscivo a staccare gli occhi da quella bruttezza, tanto più brutta perché si lasciava guardare, perché incantava.

Gran parte del gruppo si disperse, ma non sembrò che al vecchio importasse. Rimanevamo solo io e Paolo, gli unici ad aver vinto la ripugnanza e la soggezione. Lo ringraziammo e lui sembrò contento. Ci domandò da dove venissimo. Era stato anche lui in Europa, da giovane, ricordava ancora un po' di francese e di italiano.

"*When I was young...*"

In bocca a quell'uomo qualunque richiamo alla giovinezza suonava impossibile.

Gli occhi adesso gli brillavano di un'improvvisa luce, buona e sincera; non li staccava da Paolo, lo studiava dal basso all'alto, girando faticosamente il collo semibloccato dall'artrosi.

"*You're a lucky man,*" mi sussurrò davanti al cancello.

Ci disse che prima di riprendere la strada per New York dovevamo fermarci a Sleepy Hollow.

Ci fece un inchino, che lo rese ancora più grottesco, e, scosso da un altro accesso di tosse, si diresse verso il gruppo dei nuovi visitatori. Non posso credere che, dopo la nostra visita, quell'uomo sia vissuto ancora a lungo.

Rimanemmo turbati per il resto della mattinata. Quando rientrammo a New York, io pensavo ancora al sonno di Rip van Winkle... Forse anch'io mi ero addormentato, forse anch'io a un certo punto mi sarei svegliato e mi sarei ritrovato giovane e sano in un mondo non più familiare, da cui fossero spariti tutti e tutto. E mi vergognai tra me e me di questo pensiero, perché, se davvero stavamo dormendo, mi sembrava che a Paolo il nostro sonno non desse alcuna pena.

Doveva essere un giorno felice. La sposa, però, mentre passeggia a piedi nudi in un prato, calpesta un serpente e muore. Lo sposo per fortuna è un bravissimo poeta. In virtù del suo canto scende nel regno dei morti e prega gli dèi inferi che gli restituiscano la sposa. Loro, commossi, fanno uno strappo alla regola. Benissimo, Euridice potrà vivere una seconda volta. Ma che lui, riportandola alla luce, non si giri a controllare se lo stia seguendo. O la perderà di nuovo, e per sempre. Sono quasi arrivati all'uscita, e lui che fa? Si gira. Dimentica il divieto, o forse, sentendosi ormai al sicuro, ritiene che non sia più necessario osservarlo: la luce è lì davanti, a un passo!... Euridice viene immediatamente risucchiata nelle profondità d'Averno. Per Orfeo non c'è più alcun modo di riportarla sulla terra. Basta. Fine. Addio. L'errore, la sbadataggine, la superficialità non si correggono. Si era potuta cambiare la storia finché non c'era stata responsabilità umana. In fondo Euridice non doveva morire, quel serpente velenoso era finito sotto il suo tallone per un caso... Ma adesso le cose stanno diversamente. Orfeo si è rivelato indegno del privilegio che gli dèi gli avevano accordato. Orfeo ha sbagliato e deve pagare. Tutta quella sua letteratura sarà buona ormai a commuovere solo le piante del bosco.

Nella versione di Virgilio, Euridice, nel momento in cui

Orfeo si volta a guardarla, lo rimprovera. *Quis tantus furor?* Ma che diavolo ti è saltato in mente? Ti ha dato di volta il cervello...? In quella di Ovidio no, non ci sono rimproveri. Il poeta delle *Metamorfosi*, con tipica civetteria, corregge il predecessore, e nota che Euridice non ha nulla da rimproverare a Orfeo, sapendo che lui si è voltato solo perché l'ama. Ovidio trasforma anche altri dettagli della versione virgiliana. Lui, da epigono, ama amplificare, sentimentalizzare e ironizzare. La sua versione ha pure un'audace aggiunta: Orfeo, rimasto vedovo di nuovo, si dà ai ragazzi. E si inventa la scena del ricongiungimento finale, successivo alla morte dello stesso Orfeo: lo sposo e la sposa si abbracceranno con rinnovato impeto e lui non dovrà più temere di voltarsi a guardarla. In una cosa, tuttavia, i due poeti concordano: che la letteratura adesso serve per piangere. Anzi: per rimpiangere. Il mito di Orfeo è la più memorabile rappresentazione del rimpianto che la poesia abbia mai lasciato. Neppure Adamo, dopo il clamoroso errore della mela, riesce a incarnare il rimpianto con altrettanta efficacia. Di rimpianto, in verità, il poeta di Adamo proprio non parla.

Cominciavo a capire che tutta la letteratura classica era una grandiosa riflessione sull'irrimediabile... Edipo che sposa la madre, Pandora che apre il vaso dei mali, i compagni di Ulisse che mangiano i buoi del Sole o che cadono ubriachi dal tetto, Attis che si castra nell'estasi... A quest'ultimo Catullo mette in bocca una battuta memorabile: *Iam iam dolet quod egi, iam iamque paenitet...* Virgilio esprime il rimpianto di Orfeo con un semplice, ma potentissimo *flesse sibi*: pianse tra sé. Ovidio, già psicanalitico, espandendo, ma con precisione non gratuita, nota: *Cura dolorque animi lacrimaeque alimenta fuere.* Il rimpianto è nutrimento. Virgilio osserva, inoltre – e qui batte il suo imitatore per abilità introspettiva –, che tra le lacrime Orfeo non la smette di raccontare quel che gli è successo: *haec evolvisse*, per sette lunghi mesi; cerca, cioè, con la ripetizione ossessiva, ritualizzata dell'evento, di colmare la perdita. Ovidio, invece, lascia il suo Orfeo muto per sette giorni. Poi gli mette in bocca un canto torrenziale, che celebra gli amori degli dèi per i giovinetti e le passioni incestuose delle fanciulle. I due poeti, però, concordano ancora su un altro punto: che dopo le lacrime, spostando fuori di sé la responsabilità dell'irreparabile privazione, Orfeo se la prende con gli dèi. Entrambi usano il verbo *queri*, "lamentarsi" – che è anche il verbo dell'autoevirato Attis. Virgilio: *Raptam Eurydicen atque inrita Ditis / dona querens*. E Ovidio: *Esse deos Erebi crudeles questus...*

E io? Io con quali dèi potevo prendermela? Io dèi non ne avevo. A me era dato solo il rimpianto. Ora lo capivo veramente, il significato di quella parola.

Anch'io, come l'Orfeo virgiliano, sentii il bisogno imperioso di parlare della mia disgrazia. Quelle non erano certo cose da sbandierare. Lo stesso mi aprii con parecchie persone: amici, colleghi, conoscenti. Risparmiai, naturalmente, mia madre e mia figlia, una perché troppo vecchia, l'altra perché troppo giovane. E chissà che proprio in loro non avrei trovato la comprensione e il conforto che cercavo...

Il primo al quale lo raccontai fu Antonio. L'estate precedente, a casa sua, dopo che mi aveva detto di essere sieropositivo, avevo provato orrore. E ignoravo che la peste era anche in me... Ora provavo vergogna della mia inconsapevolezza, ora capivo anche come dovette sentirsi Edipo dopo avere scoperto che la peste degli altri era la sua.

Antonio non si sorprese né si dimostrò dispiaciuto. Disse che ero fortunato. Adesso esistevano farmaci assai meno aggressivi. La lipodistrofia, che pure era data da qualunque farmaco, non mi avrebbe divorato la faccia, come era successo a lui.

Incontrai incredulità, sorpresa, imbarazzo. Incontrai silenzio, qualche rimprovero. Il malato è un errore, come un delitto. I malati e i criminali stanno nascosti. Solo ai vecchi si dà la libertà di parlare di malattia, perché le malattie vengono con l'età. Ma i vecchi, in fondo, nessuno li ascolta.

Imparai, alla fine, che i malati le persone non li vogliono; che non hanno le parole per rispondere né per consolare... La consolazione! Che idea grande... Gli antichi la praticavano nella forma di un vero e proprio genere letterario. E i cristiani ne fecero una parte essenziale della loro religione. I miei consolatori, se pure tali potevano dirsi, si dividevano in tre categorie. C'erano coloro che cercavano di risollevarmi lo spirito non dando particolare importanza a ciò che mi era capitato, quelli che la facevano facile, "i normalizzatori" o "gli sbrigativi". Difficile stabilire se questi, che erano la maggioranza, non si rendessero conto della gravità della situazione o se parlassero così per non dare troppa pena a sé stessi. C'erano poi "i discreti": partecipi, sì, ma non troppo, perché dopotutto quella storia era solo affar mio, e non era giusto metterci il naso. E, infine, i meno numerosi, venivano "gli emotivi" o "i tardoromantici", quelli che usavano espressioni esagerate per manifestare il loro dispiacere e promettevano un futuro meraviglioso nonostante tutto, perché loro credevano in me, nella mia forza, nella mia intelligenza. Ce la farai, Valerio, come ce l'hai sempre fatta. Sarei sempre stato il loro grande Valerio. Ecco il punto: non ammettevano che io fossi altro che quel che ero sempre stato. Ma quel Valerio non c'era più, e il nuovo Valerio – nuovo a sé stesso, nuovo perché così lo dichiarava un'analisi del sangue – non veniva accettato. In fondo, per cambiare agli occhi della gente basta pronunciare una semplice parola.

Richard, un collega americano con il quale mi ero confidato, mi incoraggiò a frequentare un centro di sostegno psicologico per sieropositivi, dove lavorava sua figlia.

*"You've got to come to terms with this,"* mi ripeteva.

Pensava che io non volessi accettare la malattia, che corressi a occhi chiusi verso l'autodistruzione. Sì, al momento sembravo ancora abbastanza forte. Ma la forza non poteva durare. Lui aveva visto già altri crollare senza l'aiuto di un esperto.

Per accontentarlo, telefonai al centro. Una voce amichevole mi chiese di spiegare come mi sentivo. Dissi che ero arrabbiato, *angry*, che non mi sarei arreso, che non avrei lasciato alla malattia la libertà di rovinarmi la vita; io volevo vivere, me lo meritavo, a quarant'anni ero finalmente diventato me stesso. A quell'orecchio invisibile raccontai di Paolo, raccontai i fatti... Parlavo come un americano avrebbe parlato al mio posto, *this is my life, I'm not going to let this thing ruin everything I've built* ecc. E la voce dall'altra parte approvava, si complimentava... A un certo punto mi sembrò quasi che parlassi così solo per avere quell'anonima, invisibile approvazione. Però, era vero quel che dicevo. Era vero che ero arrabbiato, come non lo ero mai stato... *Angry*... La parola inglese era perfetta, migliore della traduzione italiana, perché *angry* indica uno stato d'animo anche assoluto, fatto di un'amarezza fiera. La "rabbia", invece, presuppone un obiettivo, vuole scaricarsi, ed è alla fine impotente, come chi dà pugni contro il muro. È una parola triste, che anche adesso che mi ritrovo a usarla mi dispiace e mi pare perfino un po' ridicola.

La voce amichevole si complimentò con me. Non si trovava tanto facilmente uno così, uno che accettava la realtà senza disperarsi. La reazione dei più era il rifiuto, *denial*. E, poiché nascondevano la testa nella sabbia, si sottraevano alle terapie o continuavano a sballarsi, con alcol e droghe. Si rovinavano con le loro stesse mani.

Mi fu proposto di collaborare col centro; il mio esempio sarebbe stato di grande conforto per molti. Ringraziai per la fiducia, ma dissi che ero molto impegnato.

Di nascosto da Paolo cominciai a scrivere la mia storia. Chiamavo "il romanzo" quello che andavo componendo. Ma non doveva contenere nulla di inventato. No, doveva essere il racconto della verità.

Partii dal Varzi. Narrai per pagine e pagine i nostri incontri, quelle ore di felicità inutile, le mie attese infinite, l'ultima telefonata...

Ripresi a sognarlo. Eravamo ancora ragazzi e studiavamo insieme. Niente era ancora successo. Dunque, mi sentivo libero. Mi dicevo: Ma no, non mi sono ammalato; l'ho solo immaginato, e ora starò molto attento. Una volta sognai che lui mi spogliava e stava per fare l'amore con me. E io pregavo nella mia testa: Che si sbrighi... Ma prima che le sue mani mi toccassero, il mio fianco destro si rivestiva di una muffa verde e pulverulenta.

Un'altra volta sognai che tornavo a cercarlo dopo molti anni. Lo trovavo, diventavamo amanti e, per vendicarmi, lo infettavo.

Anche Paolo sognava. Un particolare sogno me lo raccontò in una mail:

Stanotte ho dormito così così, ho fatto un sogno molto strano. Sono a casa di mia madre, a Berlino, sul balcone. Tengo un cagnolino tra le braccia, lo sto coccolando, ma mi scivola e cade dal quarto piano. Non voglio vedere il suo corpo che si schianta, quindi giro la testa dall'altra parte. Poi scendo e incontro mio padre in un negozio di scarpe. Mi metto anch'io a guardare le scarpe, mi sento colpevole ma tanto il cagnolino è morto, che cosa cambia se resto lì e non vado a vedere il suo cadavere? Alla fine, però, vado. Sotto il balcone trovo una spiaggia, alcune persone stanno facendo il bagno e il cagnolino si trascina a riva, tutto imbrattato di petrolio. Lo prendo tra le braccia e chiamo un veterinario. Devo aver urlato forte, perché a quel punto mi sono svegliato.

"Quel cagnolino eri tu," mi spiegò poi, al telefono, anche se non c'era bisogno di alcuna spiegazione.

Mi meravigliò che avesse voluto raccontarmi quel sogno. Non si accusò, non parlò di colpa, ma la sua mente – questo era innegabile – lottava ancora con i giudici di un interno tribunale.

A differenza di me, lui non voleva parlare della cosa con nessuno; nemmeno con la Gina. E gli dava fastidio che io mi fossi aperto con alcuni. Pretese di sapere esattamente con chi. Mi limitai a fornire quattro o cinque nomi, che a Paolo già sembravano troppi. Mi domandò:

"Racconti anche come ti sei preso il virus?".

E io, deciso a non mentire:

"Be', sì, dico che tu non lo sapevi... La gente capisce...".

Ma una bugia era detta: la gente non capiva, non poteva capire.

Pensavano che Paolo mi avesse rovinato. Lo pensavano per amor mio, suppongo. Però, nella loro condanna di Paolo – più o meno dichiarata, comunque evidente –, c'era anche la condanna del nostro amore. Anche gli amici più vicini si erano dimostrati incapaci di accettare pienamente la mia – per usare quella benedetta parola – omosessualità. E non perché fossero solidali con Marina (alcuni, certo, si schierarono dalla parte di lei, che pure non aveva affatto chiuso con me, e uscirono dalla mia vita per sempre). Se l'avessi lasciata per un'altra e se da questa donna avessi preso il virus dell'HIV, sicuramente avrei sentito in loro meno disagio, meno disapprovazione.

Mettendomi con un uomo, il virus me l'ero andato a cercare. Si sa, no?, dove conducono certe avventure.

Paolo iniziò la terapia subito dopo essere rientrato a Milano. Non si poteva più aspettare. Ancora un mese e sarebbe stato AIDS.

Iniziò la sua seconda vita.

In quell'inizio, però, i farmaci sembravano fatti per dare più il colpo di grazia che la salvezza. Il dottore, d'altra parte, lo aveva avvertito. Gli antiretrovirali sono bombe; occorre che il fisico si abitui, occorre un po' di tempo.

Non si reggeva in piedi, aveva nausea, e vertigini, e male dovunque. Se ne stava a letto tutto il giorno, incapace di fare alcunché, anche solo controllare la posta elettronica o lavarsi. Per la nausea smise perfino di mangiare.

"I farmaci bastano e avanzano," ironizzava al telefono. "Sai che bel pranzetto, che bella cenetta mi ci preparo... La pastiglia del mattino è meglio di un croissant appena sfornato... Va giù che è un piacere..."

Sapevo, invece, che la sua gola si rifiutava di inghiottire, che la pastiglia gli nuotava in bocca per un bel pezzo e solo dopo diversi bicchieri d'acqua – e più perché la sua mente si era distratta che non perché ne servissero tanti – si lasciava scaricare giù per l'esofago.

"Passerà," cercavo di rassicurarlo. "È solo questione di giorni..."

Reagiva malissimo. Diceva che non capivo, che ci sarebbe andata di mezzo la nuova mostra. Se continuava di quel passo, non sarebbe stato neanche in grado di partecipare all'inaugurazione.

"Vedrai quando tocca a te!"

Sembrava una minaccia, manco ai farmaci l'avessi ridotto io.

E mi accusava di averlo lasciato solo in un momento così difficile. Lui al mio posto avrebbe preso l'aereo e sarebbe tornato a sostenermi... Ma io no! Io sapevo solo pensare ai cazzi miei...

"Il Professore!"

Io stringevo i pugni e i denti, mi dicevo: È solo un momento, passerà; non sa quello che dice, è il suo modo di esprimere il dolore.

L'ingiustizia delle sue parole, però, mi feriva e mi toglieva qualunque fiducia nel futuro.

E se le cose si erano deteriorate per sempre? Se i farmaci lo avevano trasformato una volta per tutte, se il suo amore, che avevo dato sempre per certo e sul quale avevo costruito il mio, era finito...? Avrei resistito vicino a quell'essere ribelle, nato dalle spoglie del mio Paolo solo per tormentarmi?

Spiegai a Marina la situazione e le chiesi di andare a trovarlo; che gli portasse della frutta.

"Vuoi scherzare!" fu la sua risposta. "Io con quello lì non voglio averci più niente a che fare!"

Invece andò, e gli tenne compagnia, e mi mandò una mail per dirmelo.

Mancavano pochi giorni alla fine del semestre quando venni convocato dal capo di dipartimento. Cosa inconsueta, mi fece scrivere dalla segretaria. Pensai che si trattasse di qualche bega. Probabilmente erano arrivate lamentele dagli studenti.

Ma che cosa avevo fatto?

A me pareva, nonostante tutto, di avere svolto il mio compito bene come sempre. Gli anni passati gli studenti non avevano mai avuto motivo di lamentarsi di me. Anzi. Le loro valutazioni del mio lavoro erano state sempre molto lusinghiere. Il capo del dipartimento me ne inviava puntualmente una copia dopo Natale, accompagnandole con una mail di congratulazioni e il rinnovo formale dell'invito a tornare anche l'anno seguente, nel semestre che a me più convenisse. Eppure, in qualcosa quest'anno dovevo aver mancato... Di sicuro. Con quello che mi era successo... Forse le mie lezioni avevano perso smalto, forse avevo dato l'impressione di essere distratto, anche se a me sembrava che il dispiacere mi avesse reso più concentrato, perfino più interessato all'insegnamento... O era per la lezione che avevo sospeso?

Jim mi investì con una cascata di complimenti. Le valutazioni degli studenti non erano ancora arrivate, ma, da quello che aveva sentito in giro, ancora una volta avevo dato il meglio. Il dipartimento mi era molto grato. Il mio corso era stato davvero un fiore all'occhiello: originale, ricco, *popular*... Gli studenti mi adoravano... Bravo, Valerio... Fossero tutti così i professori, competenti ed entusiasmanti... E io? Tutto bene? Nessun problema? *"Everything is alright..."* dissi. Jim si incupì. *"I'm afraid this is not completely true, Valerio,"* sospirò. Gli avevo tenuto nascosto un fatto molto importante. *That's a shame.* Eravamo amici, no? Allora perché aveva dovuto scoprire certe cose da altri? Non mi fidavo di lui? Avevo paura del suo giudizio? Lui capiva... Ne conosceva, lui, di sieropositivi! Lo era anche quella poverina di sua sorella. Pensare che l'aveva infettata il marito, impenitente bisessuale... Comunque, lei stava ancora benissimo, e lui era sotto terra già da un pezzo... Bisogna essere prudenti, specie in una città come New York... Ma ormai si poteva anche stare un po' tranquilli, esistevano i farmaci antiretrovirali, e tra qualche anno avrebbero messo in commercio il vaccino curativo. Già cominciavano a testarlo sugli umani, lo sapevo? Sarebbe stata una rivoluzione... Quanta gente si sarebbe salvata la pelle, finalmente... Molti morivano perché non arrivavano a pagarsi i farmaci, né potevano permettersi le assicurazioni giuste... Ah, gli Stati Uniti da quel punto di vista erano un paese del Terzo mondo... Gli Stati Uniti non volevano mettersi in testa che la salute dell'individuo non è una questione privata, come il talento, ma riguardava la nazione intera... Qui, se ti ammali, sei un *loser*! Gli Stati Uniti preferivano spendere i loro soldi negli armamenti.

Sulla porta mi strinse forte la mano.

"*You're a strong guy, Valerio. You'll learn how to cope with this, too...*"

Mi ringraziò per tutto quello che avevo fatto, e per aver svolto il mio dovere così bene. E, en passant, con una conclusiva pacca sulle spalle, mi ricordò che la nostra collaborazione finiva lì. Purtroppo. Come avrebbero potuto invitare uno nelle mie condizioni senza infrangere le regole?

A Milano per prima cosa mi rivolsi a un urologo, poiché l'orgasmo continuava a procurarmi dolori acuti e lo sperma usciva marrone.

Disteso a culo nudo sul lettino, gli dissi che avevo appena scoperto di essere sieropositivo; che però non dovevo esserlo da molto, non prendevo ancora i farmaci... Il dottore, in silenzio, come se non avessi parlato, finì di srotolarsi sulla mano il guanto di gomma. Poi mi spinse un dito dentro. Dopo una breve esplorazione stabilì che avevo una grave prostatite. Lo scuro dello sperma era sangue. Avrei assunto antibiotici e supposte lenitive per un mese. Porgendomi le ricette, mi disse:

"Lo sa, vero?, cosa costate voi sieropositivi al sistema sanitario nazionale? Non lo sa? Be', legga il prezzo sulle scatole dei farmaci, quando comincerà... Lei fa spendere allo stato migliaia di euro all'anno. Per non parlare del costo delle analisi... Ma lasciamo stare! Meglio che lasciamo stare!".

Avrei voluto replicare, ma come? Chi se l'aspettava un simile attacco? Quali argomenti, poi, contrapporre? Uscii dalla stanza, senza salutare, pagai e corsi all'aperto.


Andai all'Asl di zona e richiesi la tessera di malato cronico. Poi mi registrai all'ospedale, feci nuove analisi e presi il mio primo appuntamento con l'infettivologo che mi era stato assegnato. Siccome ero nuovo, venni trattato come caso urgente.

La notte prima della visita non dormii. Non riuscivo ad accettare che la mia vita d'ora in poi sarebbe dipesa dai farmaci. Niente farmaci, niente vita. E che vita sarebbe stata? Una vita fittizia; una costruzione. La vita vera non è una cosa provocata, ma una cosa spontanea, che germoglia da sé stessa...

Nel buio ripensavo ossessivamente a quel passo della *Farsaglia* in cui la maga tessala con i suoi filtri costringe l'anima di un soldato caduto da poco a rientrare nel corpo... La mia testa era il sesto libro di Lucano, una catastrofe macabra, uno scompiglio putrido e pulsante. Anche di me restava solo un'ombra, e poi non sarebbe restata neanche più quella, il giorno che il corpo si fosse spento. Ma essere ombra era molto meglio che resuscitare a forza, per chimica stregoneria; meglio che finire nell'indistinta terra degli zombi.

"Ma non diciamo sciocchezze," rise Paolo, a colazione. "Ti pare che io sia uno zombi? Un resuscitato? Sono quello di sempre... Tutto è come sempre... Si tratta solo di prendere tre o quattro pastiglie al giorno... Hai paura dei giramenti di testa? Quelli passano... Mi sono passati dopo una settimana. Mi vedi... Ci si abitua in fretta, adesso non mi serve neanche più l'acqua per buttarle giù... Dài, Valerio, non fare storie... Io ti adoro, che vuoi di più? Vuoi morire?"

Io non volevo morire: io non volevo *non vivere*.

Che ci faccio io in questa sala d'attesa, in quest'anticamera d'Averno, tappezzata di immagini di fisici distrutti e di avvertimenti sul vivere sano? Che ci faccio io con il viado, la nigeriana, la tossica, l'effeminato...?

Metto via la mia tessera nuova fiammante di malato cronico e mi siedo.

Io non c'entro niente con loro... Io non sono così; io non sono un malato. Io sono io. Decisamente, questo non è il mio posto. Chiunque direbbe dal mio aspetto che qui ci sono capitato per caso.

Ho paura di guardarli. Ho paura del loro disprezzo. Stanno ridendo di me, è chiaro.

*Anche tu ci sei cascato, caro il nostro professore...*

Tiro fuori gli appunti della prossima lezione e fingo di leggere. Ma i miei occhi sono disposti solo a scrutare quello che ho davanti. Nessuno parla. Tutti sembrano di casa. Vestono male. Portano scarpe da ginnastica e vestiti da quattro soldi. La pelle della faccia è tirata, rovinata; i capelli in disordine... A che cosa pensano? Aspettano il loro turno, e non hanno fretta. Ma non dovrebbero essere al lavoro? E che lavoro fanno? Quella vivrà di qualche sussidio o spacciando. Appena esce di qui, va a farsi di nuovo. Quello, mah, forse sta ancora con i genitori... Quella batte di sicuro... Mi viene da pensare che siano tutti caduti in un incantesimo paralizzante, in un sonno fatato, cui io solo ho avuto la capacità di resistere.

Entra un uomo sulla trentina, bello, e anche il più intorpidito dei presenti si riscuote. Una ventata di desiderio trascorre sulle anime sgualcite e sulle membra affaticate, le teste si girano, sento il fruscio dei sessi che iniziano a distendersi nei tristi pantaloni, e quasi mi viene da ridere. Sì, la scena è comica. Mi diverte l'incallimento di queste persone, l'impudicizia, la faccia tosta. Forse neanche sanno di rivelarla così scopertamente, di essere tanto *banali*, tanto *incorreggibili*... Il nuovo arrivato è rimasto in piedi, e questo ci permette di osservarlo bene. Lo vediamo anche da sotto, perché il linoleum riflette, capovolgendola, la sua forma. Lui vale doppio. È atletico, vitale, elegante. Ha natiche statuarie. Ma per il resto, della statua non ha proprio niente. A differenza degli altri, non sta fermo neppure quando non si muove. Ogni suo muscolo vibra di vitalità e di salute. Meno male, penso. Basta uno così a salvare l'intera categoria. Ecco, penso, ho trovato un pari, un fratello... Una porta si apre e lui, il bello, consegna al dottore un fascio di dépliant, saluta e si allontana.

Riporto lo sguardo sugli altri e, anziché leggere la mia delusione, ritrovo il torpore rassegnato di prima, come se il bel corpo dell'informatore medico avesse risvegliato in quelle persone un impulso puramente fisico, destinato a durare solo finché l'oggetto dimorasse nell'orbita delle loro percezioni.

Diventerò anch'io come loro? Anch'io mi ridurrò a impulso momentaneo, a risposta automatica, perduta ogni nostalgia? Anch'io mi abituerò a non riconoscere in un altro uomo l'uomo che ero?

Ma io sono già come loro. I miei fratelli sono loro, questo brasiliano, questo africano, questa tossica, questo travestito... Anch'io adesso sono un po' brasiliano, un po' africano, un po' tossico, un po' travestito. La malattia è una grande madre imparziale; tratta tutti allo stesso modo, non fa preferenze, non ha figli prediletti, e non crea il buono e il cattivo. Io sono uno dei tanti figli, uno come tutti. Devo accettarlo. Capirlo, lo capisco benissimo. Accettarlo, però, non riesco. Non riesco a voler bene ai miei fratelli sconosciuti. Il mio sangue e i loro già si assomigliano. Presto apparirà anche una somiglianza tra la mia faccia e le loro, che già si rispecchiano l'una nell'altra, pallide, stremate, come se davvero li avesse generati tutti quanti il medesimo utero, un'unica divinità originaria. In questo ambulatorio si è concentrata la storia dell'umanità. Siamo un'arca di Noè. Perché pretendere di non farne parte? Ho forse la superbia di credermi migliore? E dove vorrei mettermi, in quale ordine di cose? Dove sta, per la miseria, la mia *migliorità*...?

Farne parte, invece, è un privilegio. Basta con questo continuo *individuarmi*, basta con questa mania di *distinguermi*; basta con la quotidiana fatica di avere un nome e un volto e una storia!

Qui, in questa stanzaccia sotterranea, mentre aspetto il mio turno, mi viene concesso il raro privilegio dell'uguaglianza.

Le analisi vanno bene. Il colesterolo è di molto sotto il livello di guardia. Ma soprattutto ho settecentocinquanta CD4, un numero ancora ragguardevole. Ciò significa che il mio organismo sta tenendo duro. È prematuro, pertanto, parlare di terapia. Una volta la terapia veniva iniziata non appena scoperta l'infezione. Adesso, considerata l'alta tossicità dei farmaci, la si inizia il più tardi possibile, quando i CD4 abbiano sfiorato la soglia dell'AIDS, che corrisponde al numero duecento.

"E in quanto tempo si arriva a questa soglia?" domando al dottore, decidendo che il mio obiettivo primario d'ora in poi sarà impegnarmi con tutto me stesso – anche se il me stesso ormai non è più tutto – a non arrivarci mai.

"Chi può dirlo?" sorride. "Dipende dall'aggressività del virus... Certi virus agiscono lentamente, altri no... Stiamo a vedere... Farai le analisi ogni due mesi, e ci regoleremo di volta in volta... Credo, comunque, che non sarà prima dell'estate..."

Mi spiega che il virus dell'HIV è un virus molto intelligente; uno che ha l'abilità di cambiare aspetto di continuo, spacciandosi per chi non è. E così elude la sorveglianza del sistema immunitario, passa la dogana con documenti falsi e vive con l'identità delle sue vittime. Una volta entrato, addio; non lo becchi più... E anche se, grazie ai farmaci, risulta non quantificabile, in verità non è scomparso. Da qualche parte è; e aspetta il momento buono per saltare fuori di nuovo. I suoi nascondigli si chiamano, che bella parola!, *santuari*; zone segrete in cui ozia e si prepara al contrattacco...

Parliamo anche del mio lavoro. Il dottore si complimenta; al liceo, mi dice, gli autori latini erano i suoi preferiti... E mi recita l'attacco della prima catilinaria... Però Cicerone lo annoiava; gli piaceva di più un autore come Tacito, sì, impossibile da tradurre, ma grandioso, romanzesco. Vogliamo mettere le accuse contro un terrorista con l'omicidio di Agrippina? Com'è che diceva quel proemio...? *Sine ira et studio...*

"Beato te, Valerio, tu sì che ti diverti!"

"E il vaccino quando sarà disponibile?"

"Il vaccino?! Campa cavallo... Scordatelo, il vaccino... I farmaci vanno benissimo... E saranno sempre meno tossici e sempre più efficaci... Che t'importa del vaccino?"

Da questa prima visita esco rincuorato; addirittura fiero.

Sono fiero del mio corpo, come lo si può essere di un amico, di qualcuno su cui abbiamo deciso di puntare; o come lo ero di Angelica, quando cominciava a comporre le prime frasi.

Il mio corpo... Ormai lo distinguo da me. Ho iniziato a dividermi in parti, come Attis. *Ego mei pars.* Anch'io ho preso un coltello e in un momento di follia ho inferto il colpo irrimediabile. Ed eccomi anch'io sulla sponda che piango. Di qua il corpo, di là la mente.


D'ora in poi la vita non sarebbe stata più un esserci automatico, un durare naturale.

D'ora in poi la vita sarebbe stata *volontà di vita...*

E il virus si umanizzò, diventò l'"altro"; un "lui", immanente, pervasivo, inestirpabile. E tale doveva essere, se volevo resistergli. Io non sarei mai stato lui, anche se lui parlava e agiva attraverso me. Anche se lui era "io".

Quante cose desideravo fare e quante di queste non le avevo ancora fatte per nulla o le avevo fatte solo in parte o male, o avevo smesso completamente di farle? Quanto, se non mi affrettavo a recuperare, ero già morto? Tutti, a ben vedere, non solo i cosiddetti malati, hanno desiderio di cose che mai potranno compiere o possedere. La natura del desiderio è proprio l'impossibilità, come suggerisce l'originaria parola latina. *Desiderium* è il richiamo di quel che non c'è più, è una nostalgia. La parola può anche significare semplicemente "bisogno", o "mancanza". Nei codici antichi le lacune sono indicate da un *desiderantur*...

Ma chi non è malato, o chi semplicemente dimentica che la vita non sarà mai abbastanza lunga, non si rende conto che i desideri rappresentano una perdita; che, desiderando, si lascia entrare la morte prima del tempo. Che la sua vita perde pagine, come un manoscritto mal conservato.

Dovevo impegnarmi a *non desiderare*, benché la mia condizione mi spingesse a desiderare continuamente, e molto di più.

Dovevo fare. Bastava cominciare.

Non avevo mai imparato il cinese o il giapponese, o l'arabo, o il polacco, o una lingua mesopotamica... Il mio ebraico era scadente... Sapevo leggere solo qualche geroglifico... A

Berlino non avevo passato abbastanza tempo... Non ero stato a Kauai... Non avevo comprato una casa a Parigi... Non avevo imparato i nomi degli alberi e dei fiori più comuni... Non sapevo più suonare il pianoforte... Non andavo abbastanza spesso all'opera... Non andavo mai a sciare... Non avevo imparato un'arte marziale... Non avevo mai letto l'*Ulisse* di Joyce per intero... Neanche la Bibbia... Neanche il Corano... Neanche Jane Austen... Non avevo riletto la *Ricerca del tempo perduto* per una quarta volta... Non sapevo giocare a tennis... Avevo smesso di correre... Non avevo mai attraversato il Corridoio Vasariano... Non avevo imparato a fare il Montblanc... Non avevo finito la traduzione del *De bello gallico*... Non mi ero mai messo a tradurre le *Bucoliche*... Non ero stato a Milo... Neanche a Delo... Neanche a Santorini... Neanche in Cappadocia... Neanche in Amazzonia... Neanche in Siberia... E neanche sul Monte Athos... Non ero mai diventato un esperto di preistoria... Non mi ero fatto un'idea sufficientemente articolata su Napoleone... Non avevo mai partecipato a uno scavo archeologico... Non avevo imparato a memoria tutte le poesie che mi piacevano... Non avevo visto il Bosforo, perché quella volta nevicava e tutto era bianco e non si distinguevano né cielo né terra né mare... Neanche i castelli della Loira... Neanche le Ebridi... Neanche il Vallo di Adriano... Non avevo insegnato a Ucla... A Venezia non avevo mai passato più di tre notti di seguito... Non sapevo riconoscere una perla vera da una falsa... Non osavo inviare i miei complimenti agli autori che mi piacevano... Non sapevo sviluppare una fotografia... Non sapevo manovrare una macchina da presa... Non mi intendevo di filosofia medioevale... Non sapevo progettare una casa... Non conoscevo la tavola periodica degli elementi... Non avevo mai avuto un cane... Neanche un uccellino... Neanche una motocicletta di grossa cilindrata... Non avevo mai fatto un corso di ceramica... Neanche di calligrafia... Non avevo mai partecipato a un safari...

Non avevo mai studiato la storia delle rocce... Non mi ero mai abituato alle bizzarrie psicologiche dei personaggi di Dostoevskij... Non avevo scritto un libro sulla filologia di Poliziano né uno sulla sua vita... Non avevo mai avuto una casa editrice... Non avevo mai dormito nel deserto... Non avevo mai fatto un viaggio in barca a vela...

Non avevo fatto tutte queste e molte altre cose. Ma avrei mai avuto il tempo di farle, fossi anche sopravvissuto altri quarant'anni? No, di certo, naturalmente... Quando ci si ammala, non si vuole solo indietro la propria vita, si vuole l'eternità.

Quanti sieropositivi ci sono intorno a noi? Sicuramente, più di quanti sappiamo. Io, a parte Antonio e Paolo, non ne conosco. Neanche Paolo, che pure ha molti amici gay. Possibile che intorno a noi siano tutti "sani"? Possibile che tutti i sieropositivi del mondo abitino in un altro mondo, che nessuno di loro abbia contatto quotidiano con noi? Quel barista, per esempio, che ha appena affettato un limone... O l'impiegato delle poste al quale ieri ho dato da spedire un pacco di bozze... O il bibliotecario... Perfino l'infermiere dell'ambulatorio di analisi dove periodicamente sottopongo il mio avambraccio all'ago...

I malati non si trovano tutti in ospedale. Molti, la maggior parte, camminano per le strade, mandano avanti la casa, lavorano, si occupano dei figli, prendono l'aereo e il treno, guidano la macchina, pagano le tasse, ricevono ospiti, vanno al cinema e a teatro, comprano i detersivi, rispondono alle mail...

E le donne? Non si pensa mai che le donne possano essere sieropositive. Ma al virus piacciono anche loro. Ne vedo molte, all'ospedale... Vedo donne, vedo uomini, vedo omosessuali, vedo eterosessuali, vedo trans, vedo bianchi, vedo gialli, vedo neri, vedo giovani, vedo meno giovani, vedo puttane, vedo marchette, vedo ex drogati, vedo drogati, vedo uomini d'affari...

Il dottore mi dice che le infezioni da HIV sono in notevole aumento tra gli eterosessuali, che per ragioni storiche sono i meno accorti. Se in California le strane morti dell'inizio si fossero verificate tra comunità di eterosessuali, i meno accorti oggi sarebbero gli omosessuali.

Il marito va a puttane e ritorna a casa col virus, e infetta la moglie. Un classico.

Ah, poi ci sono i bambini, quelli che nascono già con l'infezione.

E non stiamo parlando dell'Africa.

Dopo la rabbia iniziale, ti prende un gran senso di solitudine... Ti senti sbagliato, ti senti l'ultimo. Tutti, anche i più lenti, sono arrivati prima, il treno è partito, e tu sei rimasto sulla banchina come un fesso... Ma poi ti guardi intorno e ci sono altri ultimi, e tra gli ultimi non c'è ultimo, non c'è primo, c'è che per noi è andata così...

Ma chi sono, allora, questi "noi"?


Cominciai a sospettare di chiunque. Una guancia anche solo leggermente scavata costituiva un indizio certo di sieropositività. Non che volessi far gruppo con i miei simili (non sono mai stato un tipo gregario). Avevo solo bisogno di dare alla malattia l'aspetto della normalità.

La parola sfortuna aveva smesso di portare la benché minima consolazione. In un primo tempo mi era servita a eliminare la parola "colpa" dal vocabolario di Paolo. Ormai non si trattava solo di sfortuna. Io *avevo sbagliato*. Questo era innegabile. Avevo agito da ignorante. Avrei potuto evitare di ammalarmi, e non l'avevo evitato. Non avevo letto i segni. Avevo sotto gli occhi il deperimento fisico di Paolo, lo vedevo, ma non lo chiamavo con il suo nome.

Così la parola "colpa" rientrò dalla finestra, e la colpa adesso era tutta mia.

Pretendevo di saper interpretare il passato, e non ero in grado di leggere il presente; lo fraintendevo come un ragazzino di quarta ginnasio fraintende un congiuntivo. Meritavo il licenziamento.

Adesso toccava a Paolo proibirmi di usare quella parola. "Non puoi fartene una *colpa! Colpa!* Che parola cristiana... *Colpa, perdono...* Tra un po' dirai che hai *peccato...* Il mio bel peccatore! Ma lo sai che ti dovrebbero fare santo? Certo! Hai proprio la testa di un bigotto..." E mi accarezzava, mi abbracciava, mi copriva di baci... "Smettila di tormentarti, dài... Tanto non serve a niente... Io ti voglio bene, non basta? Sai cosa ti dico? Che sei l'uomo più bello del mondo."

Ci voleva un'altra casa, una casa più grande, che avesse uno studio per me e una camera da letto in più per mia figlia. Paolo era d'accordo. Lui desiderava una casa nostra. Detestava pensare che io fossi lì di passaggio, ancora "puzzolente di matrimonio", come diceva.

Della ricerca mi occupai personalmente. Per due mesi non feci che consultare banche e visitare appartamenti, in vecchi palazzi intorno alla stazione Centrale. Il principale difetto di quasi tutte le case milanesi è la scarsa luminosità. I palazzi si stanno addosso, incombono uno sull'altro, ti tolgono il respiro. Evitare i primi piani. Gli ultimi piani scarseggiano; e quando l'appartamento c'è, non c'è l'ascensore.

All'inizio di maggio la nostra casa saltò fuori. Era un appartamento molto ampio, non luminosissimo, ma nemmeno buio, in buono stato, e soprattutto non caro, nella zona dell'antico lazzaretto. Da un lato dava su un cortile interno, bordato di alte magnolie, dall'altro su una stradina poco trafficata. Era al terzo piano; e c'era l'ascensore. Mi piacque subito, come ci entrai. Aveva un ingresso grandissimo, esagonale; e un corridoio molto lungo, su cui davano tutte le stanze della casa, compresi i bagni, e un paio di terrazzini.

A me piacciono i corridoi e le anticamere e gli atri (non gli sgabuzzini, e neanche le cosiddette cabine armadio); insomma, tutti quegli spazi di passaggio, apparentemente inutili, sprecati, che gli architetti di oggi amano dissolvere in onore della nuova religione dell'open space e dello sfruttamento razionale degli spazi, religione alla quale la stessa Marina a un certo punto si era convertita (per ampliare il salone aveva fatto abbattere una grande parete, che per anni aveva offerto un pacifico supporto alla libreria dei romanzieri americani). Questi spazi "inutili" sono come la punteggiatura nel periodo, le pause nel ritmo. Una casa che non distingue le camere o in cui la cucina immette direttamente nel soggiorno, o una porta d'ingresso che ti butta subito nel salone, è una frase sgrammaticata.

E poi perché sfruttare ogni centimetro calpestabile? Per fingere di avere più spazio? Per cosa? Per mettere il divano dove non andava messo, di schiena...? Ma il vuoto serve, nel vuoto il respiro della mente si espande e ha il mezzo per viaggiare; e il vuoto non è così vuoto, se struttura la sintassi, e dunque partecipa alla costruzione. Senza vuoti non ci sarebbe il colonnato di San Pietro, i corpuscoli lucreziani non volerebbero e non si aggregherebbero o vagherebbero per sempre senza posa; non si produrrebbe musica... E noi non comunicheremmo, non ameremmo neppure, perché saremmo privati della distanza da coprire, e dunque del desiderio di avvicinarci all'altro, di entrare nel suo corpo...

Portai Paolo e Marina a vedere la nuova casa.

La casa non piacque granché a nessuno dei due. Ebbero da ridire sulla zona, sulle piastrelle del bagno, sulle crepe, sul prezzo. In fondo ne fui contento, perché, non piegandomi alla loro disapprovazione, era come se mi esercitassi a contrastare un più potente nemico.

Nei giorni seguenti ottenni il mutuo e firmai il compromesso.

Sarei arrivato a vedere il giorno dell'ultima rata?

L'acquisto della nuova casa, gravoso com'era, rientrava nelle misure con cui cercavo di allungarmi la vita.

Le seconde analisi andarono ancora meglio: i CD4 erano saliti. Adesso ne avevo novecento. Avevo novecento unità della brava proteina che aiuta il sistema a produrre il riconoscimento antigenico. Ciò significava che il conto alla rovescia non era iniziato, che, al contrario, stavo risalendo, che la *volontà di vita* stava funzionando!

Ma Diego – così si chiamava il dottore – mi spiegò che questo aumento dei CD4 non aveva nulla di eccezionale. Il sistema, all'inizio, riconosciuta la presenza dell'invasore, risponde con baldanza; gonfia le guance e il petto e urla a più non posso. Poveretto, non sa ancora con chi ha veramente a che fare... Urlare, presto non servirà più a niente.

"La prossima volta, vedrai, i CD4 saranno diminuiti... Se non si crea una barriera tra il virus divoratore e le cellule del sistema immunitario, quello continua a divorare... Lui ha fame, una fame inimmaginabile... E di che cosa ha fame? Ha fame di vita... Se non assume la struttura di un'altra cellula, infatti, non può vivere... È come un vampiro, il virus... Lo fermi solo con la barriera dei farmaci... Ucciderlo non puoi, non ancora almeno... Però puoi tenerlo a stecchetto... Le cellule da una parte, lui dall'altra... Un bel vetro antiproiettile in mezzo..."

Anch'io avevo fame di vita. E la vita era una sola, non ne avevo un'altra da gettare ai cani.

Mi fece spogliare. Mi auscultò il torace e la schiena; mi tastò l'addome.

Tutto bene.

"Spiegami una cosa, Valerio... In latino Cesare si dice *Ca-e-sar* o *Ce-sar*? Anzi, no, prima mi devi dire che senso ha leggere in metrica... A me, quando mi toccava dire *arma virùmque canò* mi veniva da ridere... *Canò...* Ma se c'è scritto *cano!*"

In tutti questi anni ho ripensato ai malati che ho conosciuto nel corso della mia vita. Sono moltissimi, giovani e vecchi, parenti e conoscenti – tutti morti, chi per una cosa chi per l'altra. Prima di ammalarmi, li consideravo solo persone defunte. Da quando mi sono scoperto anch'io malato, li penso *vivi e sofferenti*, benché della loro sofferenza ben poco mi sia giunto. I malati, io, devo confessarlo, li avevo sempre evitati. Adesso li cerco e li interrogo.

Cè stata un'eccezione. La professoressa Maroni, quella che mi spinse tra le braccia del Varzi. Lei, quando ero appena entrato all'università, si ammalò di una malattia rara, di natura neurologica, la Sla (sclerosi laterale amiotrofica), ovvero sindrome di Lou Gehrig. Colpisce più gli uomini che le donne. Assomiglia alla sclerosi multipla, ma è più raffinatamente sadica, perché mette fuori uso le cellule del movimento e i muscoli. Ti condanna all'immobilità totale e al silenzio, lasciando inalterate le funzioni dell'intelletto; e degli sfinteri. In ultimo non riesci neanche più a muovere le palpebre; dormi con gli occhi aperti. E muori per avere perso l'abilità meccanica di respirare.

La andavo a trovare un paio di volte al mese e le parlavo dei miei studi. Quando mi laureai, mi mandò un biglietto di congratulazioni: un rigo di sgorbi. Già era immobilizzata, la testa le ciondolava da una parte e non si capiva granché di quel che diceva. Solo il marito e il figlio riuscivano a districare con sicurezza pezzi di discorso e parole dal rantolo a cui si era ridotta la sua voce.

"Non faccio che chiedermi perché," mi disse una volta, all'inizio della malattia. "Le ho pensate tutte... Le gravidanze, l'ansia da prestazione a scuola... I tradimenti di mio marito..."

Con quella malattia aveva tentato di avvicinarlo a sé una volta per tutte, offrendogli, al tempo stesso, una legittima ragione per andare con le altre.

La sofferenza del malato è in rapporto diretto con il significato che dà alla sua vicenda. "Che posto ha nella mia vita la malattia?" "Come ci sono arrivato?" "Che non abbia vissuto come dovevo?" O, più rozzamente: "Perché io?".

Un malato deve, volente o nolente, riconsiderare il suo passato. Deve riscrivere la storia della sua vita e trovare all'interno della trama conosciuta un po' di spazio anche per questa spiacevole novità – il cancro, la sclerosi, la leucemia, l'HIV, la Sla... Il malato deve, a posteriori, inventarsi un destino, proprio come Dante nella *Vita nuova*. Raccontarsi una storia, *quella certa storia*, lo aiuta a vincere l'angoscia con la conoscenza, a ritenersi ancora padrone della sua vita, il primo effetto della malattia essendo proprio il contrario: l'impressione che la tua vita se ne vada per i fatti suoi. Il malato vuole scoprire, con il racconto della sua storia, di *aver voluto* la malattia; che questa non è una punizione o una beffa, ma una necessità.

Ma le storie scadono. Nessuna storia dura a lungo. Presto è sostituita da un'altra. Trovare il perché, al malato interessa sempre meno. E se l'ha trovato, la scoperta a un certo punto smette di aver valore. Allora lui la ripone in un cassetto, tra i rimasugli casuali della vita precedente, con i quali non era programmato che entrasse in alcun rapporto. Allo stupore dell'inizio subentra infatti il desiderio di sapere come andrà a finire. Io stesso, per quanto tempo ho creduto che l'origine del mio male andasse ricercata nell'abbandono del Varzi, giusto o sbagliato che fosse crederlo? A un certo punto smisi di scrivere il mio romanzo. L'origine della malattia da sé non può costituire una storia. Perché storia ci sia, occorre il personaggio, il malato. E io, mentre mi sforzavo di scrivere la mia storia, ero solo un malato neonato, teorico... Che cosa potevo raccontare? Una storia si può raccontare solo quando si capisce che la propria condizione non è riducibile a una definizione di vocabolario. Una storia nasce quando mancano le parole, quando le definizioni non significano abbastanza. Infatti, che cosa possono mai significare HIV, AIDS, sieropositività, immunodeficienza per qualcuno che vuole raccontare la sua vita?

Capire che occorre un'altra maniera di dire richiede anni; richiede continue, inconcludibili divagazioni mentali... Ci vogliono i simbolici sette mesi di Orfeo, quell'*haec evolvisse*, dove non è affatto chiaro che cosa sia l'*haec* ed *evolvisse* indica un'evolversi che è un infaticabile, ossessivo tornare su sé stesso, tra illuminazioni e smentite.

Alla professoressa Maroni avevano dato due anni di vita, dal giorno della diagnosi. Ne visse cinque volte tanti, durante i quali, pur scivolando sempre più nel baratro di tutte le impossibilità, riuscì a educare i tre figli e a passare ancora qualche momento gioioso, afflosciata sulla sedia a rotelle come un vestito. Il marito le teneva la mano, le leggeva il giornale o le suonava Chopin al piano; o la portava a teatro o in un museo.

E lei leggeva, leggeva più che poteva.

Se non lo faceva qualcun altro al posto suo – io stesso mi prestai diverse volte –, si affidava a un braccio meccanico, che le girava la pagina ogni tot minuti. Le interessava qualunque

110

argomento, in qualunque forma: poesia, romanzo, teatro, saggio filosofico. Rantolava, quando le piaceva; e gli occhi mandavano un'opaca scintilla. Sennò restavano fissi e muti. Preferiva i romanzi alle poesie. La sua passione erano quelli che avevano per protagonista una donna: *Ritratto di signora*, *Middlemarch*, *Romola*, *L'amante di Lady Chatterley*, *La signora Dalloway*, *Gita al faro*, *Madame Bovary*, *Anna Karenina*... A partire da questi romanzi la professoressa Maroni costruì una vera e propria teoria dell'amore e della felicità. Non perdeva occasione per esporla, la sua teoria, farfugliando, balbettando, mugolando. Intanto uno dei famigliari traduceva per l'ascoltatore disorientato. L'amore, il vero amore, nasce dalla reciprocità. Lo stilnovismo di Francesca da Rimini deve essere *ancora* la regola. È impossibile che uno ami e l'altro no. Chi dei due crede di amare e non riceve amore sta provando qualcos'altro... E se la prendeva con quella confusionaria di Madame Bovary. Non saper chiamare i sentimenti è il peggior peccato dei nostri tempi; una vera e propria malattia. Attraverso Emma, Flaubert ci ha condannati tutti al veleno...

Chissà come avrebbe reagito se le avessi parlato del Varzi.

Sto aspettando il mio turno nella solita saletta sotterranea, tra gli emaciati. Spostando come sempre lo sguardo dall'uno all'altro, finisco per incontrare quello di un tale, che siede due sedie più in là, alla mia destra, e ha tutta l'aria di interessarsi a me da un po'. Porto subito gli occhi sul libro, perché non si senta incoraggiato a parlarmi... Ho però fatto in tempo a memorizzare la sua faccia. Le guance non le ha piene nemmeno lui, ma conserva un aspetto piacente e giovanile, e anche un piglio allegro che agli altri manca.

Un secondo dopo mi sta dritto davanti.

"Scusa," mi dice a bassa voce, piegandosi verso il mio orecchio. "Tu non sei mica Valerio De Sanctis...?"

Presa la mia esitazione per un "sì", si presenta:

"Ti ricordi? Sono Emanuele Trevigiani... Siamo stati compagni di classe...".

Certo, Emanuele, l'oboista...

Anche lui qui!

Il dottore mi convoca e devo entrare.

Dopo la visita lo ritrovo là fuori. Adesso tocca a lui.

"Ti aspetto," gli dico.

Sono contento, benché il dottore mi abbia annunciato una drastica diminuzione dei CD4 (sono scesi a cinquecento).

E non ci vuole molto a capire perché lo sia. Quell'incontro improbabile ristabilisce all'improvviso un legame tra chi sono e chi sono stato... Ecco un pezzo del mio passato – eppure io e Trevigiani non siamo mai stati intimi –, e quel pezzo di passato ha ancora qualcosa in comune con il mio presente... Ecco due vecchi compagni di scuola; anzi, due compagni di scuola, semplicemente.

Ogni distanza temporale si dissolve, e la sala d'attesa dell'ospedale si trasforma nella nostra aula di allora... Siamo al Parini, siamo gli stessi.

Emanuele Trevigiani sieropositivo... Chi l'avrebbe mai detto?

Rispecchiandomi in lui, sento che la mia infezione si estende all'indietro, prende avvio da un tempo più antico; e così si confonde con oltre metà della mia vita, con la mia stessa istruzione, come fosse anche lei, al pari del latino e del greco, un apprendimento giusto, dei cui effetti io stia beneficiando ancor oggi. E così mi viene restituita quella continuità confortante, quella memoria – pur nella forma di un fortuito riconoscimento, quasi da canto quindicesimo dell'*Inferno* – che l'autocolpevolizzazione ha distrutto in me, dividendo il mio tempo in un *ante* e un *post* impossibilitati a comunicare...

Andammo a bere in un bar poco lontano.

Per primo parlai io, limitandomi, al solito, al racconto dei fatti. Poi attaccò lui.

Era davvero un colpo di fortuna che ci fossimo incontrati. Lui all'ospedale andava solo una volta all'anno. Non aveva bisogno di controlli frequenti. Per qualche ragione misteriosa il virus in lui non agiva, se ne stava fermo e innocuo. Aveva ancora oltre mille CD4. Ed era sieropositivo da quasi quindici anni! Farmaci, perciò, non ne prendeva... Ed, essendosi ammalato negli anni ottanta, forse, se il virus avesse avuto più iniziativa... Quasi sicuramente non ci saremmo mai più rivisti.

Gli esperti stavano studiando il suo caso. Doveva esserci qualcosa nell'organismo che disattivava l'infezione...

Beato te, pensai.

Io, continuando di quel passo, avrei dovuto cominciare la terapia entro un anno.

Sapeva chi gli aveva passato il virus? Scrollò le spalle.

"Probabilmente lo stesso che mi ha passato l'epatite... Per questo ho scoperto di essere sieropositivo, perché con le analisi dell'epatite mi hanno fatto anche il test dell'HIV... Ero diventato giallo come un limone! Non so, però, chi sia stato... Serve saperlo? A te serve sapere che l'hai preso da Paolo? Queste malattie non appartengono a nessuno... Esistono e basta, come la pioggia... Mica ti arrabbi con il cielo se non ti sei portato dietro l'ombrello... Non dirmi che sei arrabbiato con Paolo..."

"Sono arrabbiato con me stesso..." dissi.

"E perché?"

"Perché sì... Non è chiaro il perché?"

"Assurdo. Non si può essere arrabbiati... È stato un incidente, no? Tu non sapevi, lui non sapeva... Giusto? L'importante è essere amato. Da quello che mi hai raccontato, Paolo è un ragazzo fantastico... Io in tanti anni non ho avuto nessuno... Sì, un sacco di amanti. Ma nessun amore. Appena dici che sei sieropositivo, la gente prende e scappa. Se te lo tieni per te, ovviamente qualcosa può nascere, però non può durare. A un certo punto lo devi dire, per forza, ma chi trova il coraggio? Chi ha voglia di sentirsi dare dell'*untore*? Qualcuno sarebbe capace di trascinarti in tribunale... E allora che fai? Te la svigni senza una spiegazione. Non c'è alternativa... Sai quante volte mi sono innamorato, e poi, sul più bello, ho dovuto tagliare la corda, e dire che non mi interessava, che volevo starmene per i cavoli miei... A un certo punto mi sono reso conto che di innamorarmi non ero più capace. Peggio che scappare. L'esilio perenne. Ti sembra una vita? E tutto per una malattia che nemmeno è una malattia..."

"Hai cercato tra i sieropositivi? Loro non hanno ragione di scappare o di aver paura..."

"Se capita, perché no? Ma nessuno parla. Se anche ne incontri uno, non lo sai... È paradossale, no? Sì, certo, ci sono i gruppi, i ghetti... Ma da quelli alla larga... Io mica mi identifico con il virus! Tra l'altro, nessuno dei miei amici sa che ce l'ho... Tu sei l'unico. Ti dirò che in un primo momento sono stato tentato di uscire, prima che mi riconoscessi... Ma avevo voglia di salutarti... E poi finalmente posso farti una domanda che ho in testa da allora... Non dovresti aver problemi a dirmi la verità ormai, dopo tanti anni..."

"Dimmi..." lo incoraggiai.

"Il Varzi, alla fine, te l'eri fatto...? Ti ricordi che per stare in banco con lui mi avevi costretto a sloggiare...? Carogna! Il Varzi piaceva da morire anche a me... Gran pezzo di ragazzo! Chissà che fine ha fatto..."

Mi sentii prendere dalla gelosia, ma cercai di restare tranquillo.

Dissi solo che non avrei mai sospettato di lui.

"Io, invece, di te l'avevo capito benissimo... Anzi, quando ho sentito che ti eri sposato, mi sono molto meravigliato... Allora, il Varzi..."

"Il Varzi...?" Ripetendo quel nome ad alta voce a qualcuno che lo aveva conosciuto di persona, in un luogo pubblico e anonimo e non nella mia mente, dove lo avevo tenuto prigioniero per tanti anni, ebbi un capogiro. "Be', sì, qualcosina successe..." cominciai a dire, senza volerlo. "A letto, però, credimi, non era un granché... Molto meglio nella fantasia..."

Emanuele emise un lungo sospiro.

"In ogni caso, complimenti..."

Finimmo la seconda birra, brindando alla conquista del Varzi, e ci scambiammo i numeri.

"Vi aspetto al mio prossimo concerto," mi disse. "Voglio proprio vedere questo benedetto Paolo..."

E mi abbracciò forte, come fossimo amici da sempre.

Cominciarono i piccoli fastidi. Abbassandosi il sistema immunitario, la prima a risentirne fu la pelle. Mi venne una verruca al piede, presa molto probabilmente in piscina, dove andavo con frequenza quasi quotidiana. La feci bruciare. Ne comparve una sul prepuzio. Poiché si annidava in una grinza, eluse dapprincipio la mia sorveglianza. Un giorno, all'improvviso, prima che avessi avuto il tempo di tornare dal dermatologo, mi ritrovai il prepuzio trasformato in un grappolo di verruche. Non se ne distingueva una dall'altra. Il dermatologo me le raschiò via, non senza dolore e sangue.

Tornarono; e, sempre più audaci, attaccarono anche la base del glande. Come mi disse Diego, non me ne sarei liberato del tutto, benché non trascurassi di sottopormi regolarmente alle torture del dermatologo, fino a che non avessi iniziato la terapia, la cosa che meno desideravo al mondo. Le verruche si riformavano perché il mio sistema immunitario non era in grado di contrastarle. La bellezza, scoprii, è un sistema immunitario funzionante.

Stanco di tornare dal torturatore, e di riempirgli il portafogli, comprai in farmacia un acido della cui esistenza mi aveva informato lo stesso Diego e presi a curarmi le verruche da solo. Non appena ne vedevo rispuntare una, mi affrettavo a intingere la punta di un cotton fioc nell'acido e ad applicarla sulla parte.

Bruciarmi le verruche diventò un'attività quotidiana, come spazzolarmi i capelli e lavarmi i denti. Per paura di passarle a Paolo controllavo i miei movimenti, studiavo le mie posizioni, limitavo i contatti fisici... Pure tanta cautela ebbe conseguenze negative sul mio benessere generale. A un certo punto, nonostante le distanze che frapponevo e nonostante, grazie ai farmaci, il suo sistema immunitario fosse risalito alla normalità, anche Paolo ne prese una, sul collo. Poiché l'acido di uso domestico non riusciva a eliminarla, stavolta dovette ricorrere lui al dermatologo. La verruca era così radicata che il ferro non si limitò a raschiare, ma scavò in profondità.

La distruzione progressiva del mio sistema immunitario lasciava tracce evidenti anche sul viso. La pelle intorno alle sopracciglia si squamava; cascava come forfora. Mai successo. Paolo diceva che era un effetto dello stress.

Ma io sapevo che lo stress non c'entrava niente, non in quel caso, almeno.

La fronte, le guance e il naso mi si seccarono e chiazzarono di aloni rosacei, che l'innalzamento stagionale della temperatura metteva in risalto. Adesso anch'io utilizzavo grandi quantità di crema idratante. Passavo quarti d'ora davanti allo specchio. E non vedevo più la mia faccia, solo scaglie di pelle morta, macchie; e rughe. In effetti, nessuno vede mai la sua faccia allo specchio, solo una faccia che sa di specchiarsi. Possiamo vedere la nostra faccia fuori di questa falsificante posa solo per caso, quando ci capita di coglierla inaspettatamente, di sfuggita, riflessa su qualche superficie lucida, al bar, per esempio, sulla macchina del caffè; o per strada, sul vetro di un'automobile parcheggiata. Allora, in quell'istante che precede l'autoriconoscimento, la nostra faccia ci appare come appare agli altri, ci appare come se fosse di altri. Insomma, la nostra faccia non è né quella che vediamo allo specchio né quella che ci appare all'improvviso, per quelle circostanze fortuite. L'unico che abbia avuto la ventura di vedere per davvero la propria faccia, almeno per un certo periodo, è Narciso. Per noi, tutti noi, la vera faccia è quella che portiamo dentro, un'immagine mentale dalla quale non siamo mai separati; che non si atteggia, non si nasconde, che noi contempliamo ininterrottamente, pur invisibile. Questa faccia, mi dicevo, cercando di riparare i danni dell'altra sotto strati di crema, nessuno me l'avrebbe portata via. Il che non serviva a fermare il suo pianto.

Sull'avambraccio destro comparve un fibroma, niente più che un leggero rigonfiamento arrossato. Il dermatologo lo estrasse, ma il fibroma si riformò nel giro di pochi giorni. Me lo tenni. Un altro comparve sulla schiena, in basso. Mi tenni pure quello.

Sulle labbra fioriva l'herpes, che non si manifestava da quando ero bambino.

I nei si allargarono. Due, dilatatisi in modo preoccupante, mi furono tolti: uno dal piede sinistro, l'altro dalla scapola destra. Però l'analisi istologica non rivelò la presenza di cellule tumorali.

L'effetto più vistoso riguardava le unghie dei piedi, specie quelle degli alluci: si erano accartocciate, si sfaldavano e si spaccavano verticalmente, come pezzi di plastica consunta.

Il cosiddetto stress, a ogni modo, ebbe la sua parte. Mi diede un feroce mal di stomaco, che durava giorno e notte. Non avevo mai sofferto di gastriti, né di problemi analoghi: mi sottoposi a una gastroscopia, ma non emerse nulla di anomalo. Il male tuttavia c'era, e non diminuiva. La notte si acuiva. Un coltello, un trapano, insomma qualcosa di appuntito e rotante mi perforava internamente e io mi disperavo, incapace di riposare.

Allo stress, credo, erano imputabili anche le emorroidi,

pure quelle un disagio nuovo per me: fonti di prurigini invincibili, di sanguinamenti, di infiammazioni estese oltre la zona dell'ano, che mi indurivano le cosce e talvolta mi impedivano perfino di stare disteso.

La stanchezza cresceva, non solo per l'incapacità di dormire. Fare le scale mi dava il fiatone; così camminare per lunghi tratti.

Una domenica andammo a Portofino e Paolo volle prendere il sentiero della scogliera. Io non ebbi il coraggio di sottrarmi. Quanta pena mi costò quella passeggiata! Ansimavo, inciampavo, non guardavo né il mare né le piante, e la pazienza di Paolo, che si fermava con me e mi diceva parole di conforto, mi dava una profonda vergogna. Imparai a odiare la natura, le strade che salgono anche solo lievemente e quelle che non si sa dove portino.

In piscina mi diventò sempre più faticoso mantenere il numero di cinquanta vasche. Ogni volta ci mettevo più tempo. Finché metterci più tempo non bastò: dovetti diminuire il numero delle vasche, e sostituire il crawl con la rana. Cominciai a nuotarne quaranta. Infine diminuii le nuotate settimanali. Per rimanere forte, ormai, non mi restava che evitare di stancarmi.

Ma intanto la mia forza scemava lo stesso, come risucchiata da un mulinello, e io potevo solo opporre il mio rifiuto, un "no" ripetuto ogni momento, che dico?, ogni istante, senza che me ne rendessi più nemmeno conto.

Ma un *no* non ha la potenza di un *sì*.

Se già le mie frequentazioni abituali si erano di molto diradate, ora mi isolai dal mondo. Mi consentivo di apparire solo a mia madre, a Marina e ad Angelica, le quali, per fortuna, non sembravano aver ancora notato il mio progressivo imbruttimento. Per paura che la vicinanza fisica potesse denunciarmi, tendevo a rimanere in disparte, a tenere la testa abbassata e a starmene nell'angolo meno luminoso della stanza. Avevo smesso di aiutare Angelica a fare i compiti. Al posto mio agiva e si mostrava Paolo. Ormai, dopo il pranzo domenicale, era lui che leggeva ad alta voce con Angelica e chiacchierava con Marina.

All'università andavo il meno possibile. Finché si trattava di stare dietro la cattedra, non avevo nulla da temere. Finita la lezione, mi precipitavo fuori dall'aula prima che qualcuno potesse venirmi a parlare. Abolii l'orario di ricevimento e mi resi contattabile solo per posta elettronica.

Paolo ripeteva che il mio imbruttimento avveniva solo nella mia testa. Io, per lui, ero sempre lo stesso, l'uomo più bello del mondo... Che differenza facevano le sopracciglia polverose e quel colore di fragola?

Grazie a Emanuele, la nostra coppia poteva dire di non essere totalmente priva di sostenitori. Lui ci copriva di complimenti, ci ammirava, ci chiamava "il grande esempio". E ci invitava ai suoi concerti, a Milano e fuori. Comprò perfino una mezza dozzina di quadri di Paolo, e propagandò la sua arte tra i conoscenti.

Tanta solidarietà non poteva non riempire di gioia e di sollievo Paolo, che dal giorno del nostro incontro si era sentito continuamente misconosciuto, se non rinnegato. In un certo senso, Emanuele consacrò la nostra unione; ci sposò. Come se cercasse di ricambiare, Paolo non perdeva occasione per proporgli ragazzi, pescando tra i suoi amici o i suoi modelli. Di questo Emanuele gli era molto grato (le proposte di Paolo di rado erano buchi nell'acqua). Ma tanto più grato gli era perché Paolo, nemmeno per scrupolo verso i candidati, non disapprovava che lui non comunicasse loro la sua sieropositività. Emanuele, d'altra parte, lo aveva avvertito fin da subito: "Io certe cose le voglio tenere per me...". E Paolo, senza scomporsi e senza chiedere spiegazioni: "Benissimo; fatti tuoi". E il discorso era finito lì.

Io, se in un primo tempo avevo trovato in Emanuele il

testimone che mi permetteva di essere ancora il ragazzo dei tempi andati e, addirittura, l'esorcista che mi aveva liberato dai demoni dell'ossessione, ora non separavo la mia amicizia per lui dal pensiero che fosse al corrente della nostra situazione. Per me era diventato essenziale che le persone che frequentavo sapessero. Anche per questo mi rifiutavo di uscire con gli amici di Paolo o di riceverli a casa nostra: perché loro non sapevano. Nasconderlo mi sembrava un grave torto alla verità del mondo; una resa all'ipocrisia, dea già anche troppo potente. Desideravo sempre più che lo sapesse perfino mia madre, ma ero certo che, rivelandole che ero sieropositivo, le avrei buttato sulle spalle un peso eccessivo. Eppure, perché non provarci? Perché, quando lei si lagnava dei suoi capogiri, non dirle: "Mamma, hai quasi settant'anni. Sei ancora sana come un pesce. Io, tuo figlio, ho una malattia che, stando alle statistiche, me ne lascerà vivere un'altra quindicina soltanto. Mia figlia non mi vedrà mai alla tua età. Avanti, piantala di frignare..."? Queste parole fui molte volte sul punto di pronunciarle, ma un estremo ravvedimento mi sigillava le labbra. Perché costringerla a quella difficoltà? Perché infliggerle quel dolore?

D'altra parte, perché no? Non era *giusto* finalmente dirle tutto?

Mi davo del codardo, del conformista... Che c'era di male, di preoccupante, di vergognoso ad avere il virus dell'HIV? Non ero vivo come chiunque altro, se non più vivo ancora? Non conducevo una vita tutto sommato rispettabile, perfino invidiabile? Che cosa mi mancava? Avevo un compagno, una figlia, un lavoro. Studiavo, viaggiavo, andavo a teatro e al cinema, mi compravo tutto o quasi tutto quello che mi piaceva, apprezzavo l'arte, mi commuovevo di fronte a un'alba o un tramonto o un mare agitato o un plenilunio o una rosa... Se mi fosse venuto il diabete, non l'avrei nascosto a mia madre. Che colpa era la mia malattia? Perché continuare a trattarla come un crimine, a travestirla di silenzio, a risparmiare agli altri la notizia? Dov'erano finite quelle cose che si chiamano comprensione, umanità, conforto? O erano soltanto parole? Avevo smesso di crederci...?

E che cosa ci si guadagnava a non dirlo?

E a dirlo?

A Ein Gedi quasi dimenticai la malattia. Dico quasi, perché fin lì eravamo andati per ridare la salute alla mia pelle. Però, appunto a Ein Gedi, dove Paolo era già stato più volte a curare le sue dermatiti, il pensiero della salute ebbe la meglio su quello del decadimento.

L'albergo era in cima a una collina, in fondo a una strada ripida e serpeggiante, nel cuore del kibbutz. Constava di una ventina di costruzioni basse, tutte simili, sparse in un giardino di raro rigoglio, spruzzato dei rossi delle buganvillee e attraversato di voli. Il nostro quartierino, se aveva lo svantaggio di essere a una decina di minuti a piedi dal ristorante, aveva però facile accesso alla piscina, buona per una nuotata prima di cena, e offriva una vista magnifica sul deserto, ocra e beige e arancione e malva e grigio secondo la luce. Inoltre, era circondato da una spettacolare siepe di oleandri, che lo distingueva dalle altre abitazioni.

La mattina ci bagnavamo nelle vasche di acqua sulfurea del centro termale, che si trovava a qualche chilometro da lì, sulla strada per Masada. Nel pomeriggio, dopo aver consumato un veloce spuntino al caffè del centro, raggiungevamo in pulmino lo stabilimento balneare. Il tratto di deserto che separa le terme dal mare è in continua espansione (tanto che tra le docce e le cabine occorre spostarsi col pulmino), come stanno a indicare i diversi cartelli, piantati a distanze regolari l'uno dall'altro: il mare arrivava fin qui nel 1980; e più in là, il mare arrivava fin qui nel 1990, e così via, e intanto ci si inoltrava tra i fantasmi dell'acqua, sul suolo secco. Quella corsa ricordava la conta dei miei CD4. Anche il mio sistema immunitario, mi venne da pensare mentre sobbalzavo sul pulmino, il primo giorno, era un evaporante Mar Morto.

L'acqua era smeraldina, l'aria bianca. La Giordania, dall'altra parte, si intravedeva appena: una muraglia d'un rosa sbiadito che si raddoppiava sullo smeraldo in un riflesso altrettanto pallido, con in mezzo sospesa una sciarpa di foschia.

Dopo il bagno, che non poteva durare più di qualche minuto, ci si sciacquava sotto la doccia, scacciando il sale dalle ferite – tutto il corpo ne era percorso, anche dove non si sarebbe detto –, e poi, tornati al centro, ci si cospargeva dalla testa ai piedi di fango, una belletta verde, omogenea, che si raccoglieva con le mani da grossi recipienti. Gli occhi e le labbra di Paolo spuntavano bellissimi. Vestita di fango, *composta* di fango, la sua forma appariva perfetta. Solo allora, confusa con quella sostanza primordiale, mi parve di vederla davvero. La muscolatura era rilevata, ma non eccessiva; la corporatura tendeva al magro, senza cadere nell'esile; e le ossa si individuavano resistenti, benché sottili. Io non pensavo a Paolo come a un malato. Lui era il mio ragazzo. La giovinezza e la bellezza. Ora e per sempre.

Masada era stata l'ultima delle fortezze a cadere in mano romana. Il racconto dettagliato dell'assedio costituisce il finale stesso della *Guerra giudaica* di Flavio Giuseppe. Gerusalemme, la città del tempio d'oro, la città della triplice cinta muraria, la città di tutti i giudei, era stata presa e distrutta già nel 70, tre anni prima. Costruita dagli antichi re, Masada era stata estesa da Erode il Grande, il quale temeva che Cleopatra potesse indurre Antonio a fargli guerra. In realtà, Antonio, per quanto fosse un burattino nelle mani dell'ambiziosa regina egiziana, non intraprese mai alcuna azione militare contro Erode. La fortezza si rivelò buona un secolo dopo, quando l'attacco fu sferrato da Flavio Silva. La proteggeva, oltre a una cintura di strapiombi, un muro di pietra bianca lungo sette stadi, alto dodici cubiti e spesso otto, da cui sporgevano trentasette torri alte ciascuna cinquanta cubiti. Due sole strade vi portavano, una da oriente, una da occidente, entrambe assai difficoltose. Ma il modo per assediarla si trovò. Alle spalle della torre che dominava la strada d'occidente – delle due la meno disagevole – si ergeva uno spuntone roccioso di notevole ampiezza, a forma di sella. Su questo i Romani costruirono un terrapieno alto duecento cubiti, e sul terrapieno una grossa piattaforma di blocchi congiunti su cui poggiare le macchine. Fabbricarono anche una torre di sessanta cubiti, ricoperta di ferro.

Dall'alto della torre, tirando con un gran numero di catapulte e baliste, si liberarono dei difensori delle mura, impedendo a chiunque di affacciarsi, e con un ariete, seppure a gran fatica, aprirono una breccia. Nel frattempo gli assediati avevano eretto un secondo muro, che fosse capace di assorbire i colpi dell'ariete: un'intercapedine di travi riempita di terra. L'opera aveva l'aspetto della muratura, ma gli urti, arrivando sul morbido, si smorzavano e rendevano soltanto più compatta la terra. Silva ricorse, allora, al fuoco. E il fuoco ebbe la meglio anche su questa seconda difesa. I Romani ritornarono nell'accampamento per la notte e rafforzarono la vigilanza. All'alba lanciarono passerelle dal terrapieno ed entrarono nella roccaforte.

Trovarono solo silenzio e devastazione. I nemici, per non cadere in mano loro, si erano uccisi in massa e avevano dato fuoco a tutti i loro beni: escluse le vettovaglie, perché i nemici non pensassero che si erano tolti la vita per paura della fame. L'autodistruzione dei ribelli e il doppio discorso con cui il loro capo, Eleazar, li esorta a morire rappresentano il momento più alto del racconto di Flavio Giuseppe. Prima i soldati uccidono mogli e figli; poi sorteggiano dieci che sgozzino tutti gli altri; e infine se ne sorteggia uno che sgozzi i rimanenti nove e, da ultimo, sé stesso. Ne cadono novecentosessanta. Se ne salvano sette, due donne anziane e cinque bambini, nascostisi nei cunicoli. Un capolavoro di poesia l'argomento con cui Eleazar vince le esitazioni iniziali: "Armi, mura, fortezze inespugnabili, e una volontà incrollabile di fronte ai pericoli per la libertà, ispirarono in ciascuno il coraggio della ribellione. Ma tutte queste cose bastarono solo per poco, e dopo averci illusi con le speranze si rivelarono il principio di più grandi mali. Infatti tutte furono espugnate, tutte caddero in mano dei nemici, come se fossero state apprestate per rendere più gloriosa la loro vittoria, non per salvare chi le aveva predisposte". Sembrerebbe disfattismo. Ma non è così. Invocando la morte, Eleazar invoca il rispetto della libertà interiore. Quella non la perdi, perché ha sede nell'anima; e l'anima liberata può solo diventare più pura e perfetta. "Tutto ciò che è toccato dall'anima vive e fiorisce, tutto ciò da cui essa si diparte avvizzisce e muore; così grande è la sua carica di immortalità! A prova evidentissima di questo, prendete il sonno, in cui le anime, non essendo in balìa del corpo, godono liberamente di un dolcissimo stato di quiete e, comunicando col dio per l'affinità della loro natura, si aggirano dappertutto e predicono molti eventi futuri. Perché dovrebbero temere la morte coloro che amano il riposo che si fruisce durante il sonno? E come non sarebbe da pazzi agognare, mentre si è vivi, la libertà e poi negarsi il godimento di quella eterna?"

Oggi il turista trova sulla rupe di Erode, dove erano terme, magazzini, cisterne e palazzi, un'esibizione stupenda di rovine: gradinate, archi, stanze, mosaici, pitture, piastrelle, pezzi di colonnati, capitelli, muri e muretti, su cui brilla indistruttibile il cielo del deserto e si riposano a branchi gli storni di Tristram e qualche raro piccione.

Arrivammo alla riserva naturale poco dopo l'alba. Il *Cantico dei cantici* menziona i vigneti di Engaddi, ma di questi non resta traccia. Tutta la vegetazione, nella parte inferiore del parco, è ormai ridotta a sparsi cespugli di erbacce, concentrati intorno alle pozze e ai wadi, i letti dei fiumi stagionali. Qualche alberello stento e una fila di palme sorvegliano il sentiero d'ingresso. Dove i declivi si fanno erti, il verde svanisce e la roccia nuda mette all'opera la sua tavolozza di colori caldi.

Cercammo un luogo riparato e, appena il sole cominciò a scaldare, ci bagnammo sotto una cascatella, che formava una piscina azzurra. Paolo ama bagnarsi nell'acqua dolce – i fiumi, i laghi o anche uno stagno limpido sono per lui preferibili allo stesso mare caraibico – e ha una passione per le cascate. In una rientranza della roccia, a pochi passi da noi, prendeva il fresco una famigliola di iraci, molto diffusi in quei luoghi: rotondi, guardinghi, impolverati. Paolo, approfittando della loro momentanea quiete, prese la matita e li ritrasse.

Era il nostro ultimo giorno. Cercavo di non pensare al rientro, all'ospedale, alle prossime analisi. Stavo bene; stavo meglio. La pelle del viso sembrava guarita, o almeno aveva, grazie alla lieve abbronzatura, un aspetto più sano. E mi sentivo riposato. E avevo fatto scorta di creme, fanghi e lozioni, da andarci avanti per molti mesi.

Ci bagnammo altre due o tre volte e poi, dopo aver misurato attentamente le mie forze, cominciammo a salire verso la sorgente, tra le montagne su cui David aveva trovato rifugio da Saul.

Volevo arrivarci; volevo farcela.

"Con calma, con calma..." mi incoraggiava Paolo, quando vedeva che le ginocchia non mi tenevano più. "E se ti passa la voglia, torniamo indietro..."

Non so quante volte ci fermammo. Io mi sedevo su una pietra a riprendere fiato e lui, intanto, si arrampicava agile sull'altura più vicina, scrutava il paesaggio e tornava a riferire.

Ma ce la feci. Arrivammo in cima. Arrivammo alla sorgente.

L'acqua alimentava un boschetto di tamerici e di acacie. C'era anche qualche arbusto del pomo di Sodoma, cosiddetto perché l'unico a crescere sul terreno della città incendiata. Frutto, però, come racconta Flavio Giuseppe, che ripete il destino della città. In apparenza uguale a quelli che si mangiano, è pieno di cenere. Coglilo, e si disferà.

Anche il secondo dei *Libri dei re* ne parla: uno lo butta in pentola e ne fa una minestra; ma i suoi ospiti, assaggiandola, gridano: "Nella pentola c'è la morte, uomo di Dio".

Nel gennaio del 2001 il dottor Gianfranco Fineschi aveva annunciato che Giovanni Paolo II soffriva di Parkinson: nel corso del 2002 lo si era visto davvero malridotto. La parola si era rarefatta, la mano sinistra tremava irrefrenabilmente. Storie più o meno ufficiali sul declino fisico del papa apparivano sui principali quotidiani del mondo, dal "Corriere della Sera" al "Sydney Morning Herald". Già da qualche anno si vociferava che il Vaticano si preparasse a sostituirlo, cosa che le fonti ufficiali si affrettavano puntualmente a smentire. Da qualche tempo si era cominciato a dubitare persino delle sue capacità intellettive. Ma la Chiesa aveva rassicurato il mondo. Óscar Rodríguez Maradiaga, salesiano honduregno e arcivescovo di Tegucigalpa, aveva dichiarato a un giornalista italiano che se Giovanni Paolo II avesse compreso di non poter più svolgere il suo ministero avrebbe avuto il coraggio di dimettersi. Lo stesso aveva detto il cardinale Joseph Ratzinger. Un noto geriatra, rimasto nell'ombra, si era permesso di contraddire i due cardinali: un malato di Parkinson, giunto a una fase avanzata, non conserva intatte le facoltà di critica e di giudizio, e dunque non può stabilire se sia arrivato il momento del ritiro. Le statistiche rilevano che il 65 per cento dei parkinsoniani che hanno superato gli ottant'anni presentano sintomi gravi di deficit cognitivo.

Nelle fasi successive si giunge molto spesso a una quasi totale insufficienza mentale. Certamente i colleghi che avevano in cura il papa gli somministravano un farmaco, la levodopa, che diminuisce la rigidità delle membra e aiuta a ritrovare una certa capacità di movimento. Ma questa sostanza ha effetti collaterali neurologici e può causare allucinazioni. In ogni caso, rischia di aggravare il quadro psicologico, appannando ulteriormente la lucidità.

Da qualche mese, all'improvviso, a Sua Santità era tornata la parlantina e, con questa, un notevole vigore fisico. Ora, pur continuando a spostarsi su un palanchino semovente, appariva eretto, meno gonfio, e spedito nell'esposizione. Nel novembre 2002 si era rivolto al parlamento, chiedendo clemenza per i prigionieri nelle carceri. A parte la straordinarietà di questo appello, Giovanni Paolo II aveva colpito per la sua forma fisica: aveva mosso qualche passo con le sue gambe e parlato distintamente, come non capitava da molto tempo – ormai affidava ad altri la lettura pubblica dei suoi discorsi. Pochi mesi dopo, protestando contro l'attacco all'Iraq, aveva battuto perfino i pugni sul tavolo. Nel successivo periodo pasquale aveva retto la croce all'ultima stazione della Via crucis, parlato a braccio, con voce chiara, e perfino cantato. L'avrebbero finita di ridere, quei disgraziati dell'"Antichrist Almanac"! In una pagina della versione on line del 2001 si leggeva (traduco): "Gesù non predica che i malati guariranno nel suo nome? La religione cristiana non si basa sulle cosiddette virtù curative del suo Cristo? Se non può guarire il suo direttore del marketing in terra, allora chi potrà guarire Gesù? Sicuramente non i mortali qualunque, che sono i suoi anonimi seguaci. Allora forse il papa non ha abbastanza fede in Gesù perché possa essere guarito. Forse non è 'giusto con Gesù', come dicono gli evangelisti di coloro la cui fede non riesce a spostare le montagne. Dopotutto, nel settembre del 2000 il papa non è riuscito a estromettere il demonio dal corpo di una donna che si diceva 'posseduta'. [...] Che cosa mai è successo al Rinnovamento Carismatico dei Cattolici, in cui apparentemente le persone andavano in giro a curare i credenti nel nome di Gesù?".

A quale ragione si doveva l'inatteso miglioramento del papa? I cattolici dicevano senz'altro: all'incrollabile fede nel suo mandato. "Il Messaggero", citando una fonte non ufficiale, aveva attribuito il miglioramento del papa a una nuova dieta, la Zone Diet del dottor Barry Sears: 40 per cento di carboidrati, 30 per cento di proteine (pesce e pollo, più che carne rossa) e 30 per cento di grassi (olio d'oliva preferibilmente), frutta fresca e verdure. La scuola di medicina di Harvard aveva pubblicato sul numero di dicembre dell'"American Journal of Clinical Nutrition" alcuni risultati che confermavano i meriti di quella dieta. Nel giugno 2002 il medico francese Luc Montagnier – scopritore nel 1983, insieme a Robert Gallo, del virus dell'HIV – aveva fatto visita al pontefice per persuaderlo a togliere il veto sull'uso dei preservativi. In quell'occasione Montagnier aveva raccomandato a Sua Santità una medicina alternativa, consistente in una combinazione di succo di papaia (antiossidante) e di glutatione (un antitossico, che il nostro cervello produce, ma, colpito dal Parkinson, perde precocemente, prima ancora che le cellule nervose muoiano). Se il papa usasse o no questa medicina, il Vaticano non lo confermò mai.

Fatto è che, proprio dopo la visita di Montagnier, il papa aveva ripreso visibilmente vigore. Due mesi più tardi, in Polonia, era già in grado di pronunciare di persona il suo discorso. La medicina di Giovanni Paolo II, che si ricavava da papaie delle Hawaii non modificate geneticamente, si chiamava Immun'Âge FPP (Fermented Papaya Preparation). Prodotta da una compagnia giapponese, la Osato, fin dal 1969, era sul mercato da una decina di anni. I frutti venivano sottoposti a un processo di fermentazione ed erano quindi seccati e tritati in polvere. La sostanza finale era confezionata in bustine da tre grammi. Il suo principale potere era combattere i radicali liberi, cioè una delle cause del Parkinson. La stavano testando anche su persone affette da AIDS, in Africa. I risultati sembravano molto soddisfacenti. I benefici, che consistevano in un aumento delle difese immunitarie, si avvertivano già dopo un paio di settimane. Montagnier stesso ricorreva alla fantastica papaia non appena avvertiva i primi sintomi di un raffreddore.

Dovevamo crederci?

Paolo scrollava le spalle.

Ma secondo me c'era poco da fare gli scettici.

Cercai il numero di telefono della Osato su internet e chiamai un ufficio in California. Mi rispose una voce registrata. Lasciai un dettagliato messaggio sulla segreteria telefonica, con il mio numero. Il giorno dopo un'impiegata della Osato mi richiamò. *Sorry*, la papaia non era ancora distribuita in Europa, ma presto lo sarebbe stata, questione di mesi.

A ogni visita, letti i risultati delle analisi, Diego mi diceva che avremmo cominciato la terapia la prossima volta, precipitandomi in un'ansia ancora più tremenda di quella in cui avevo vissuto nel corso dei due mesi precedenti.

La mia vita si rateizzò, si ridusse a una serie di scadenze, un susseguirsi di micro-vite in ciascuna delle quali, però, ci stava tutto: nascita e morte e, tra le due, terrore. La mia vita, somma di queste micro-vite, si ritrovò interamente dominata dall'ombra.

Se per il mio medico esistevano solo i farmaci, io ero convinto che ci fossero altri metodi per tenere a bada il virus, e questi, pur non sconfiggendolo, mi avrebbero impedito di arrivare alla terapia, che mi vedevo sospesa sulla testa come la spada del ciceroniano Damocle.

Prima di tutto confidavo nella mia volontà; e poi nell'alimentazione, nell'attività fisica, nel riposo, nell'appagamento che danno le letture giuste e i viaggi...

Ma per il mio medico queste cose non contavano. Gli domandavo: "Secondo te dovrei ridurre la carne?". E lui: "Se vuoi...". Oppure: "Il vino va eliminato?". "Se non lo digerisci..." Non c'erano cose da fare o da non fare. Agissi come mi pareva meglio. Il virus, tanto, di me e delle mie risoluzioni se ne infischiava.

Avevo sempre più paura di buscarmi qualche malanno stupido; di finire al Creatore per un'inezia, per distrazione. Vedevo pericoli mortali nella pioggia, nelle correnti d'aria, nel sushi, nei bambini – compresa mia figlia –, che a scuola prendevano ogni sorta di malanni; nelle persone con il raffreddore; nei luoghi affollati; nell'esotico. Come un vecchietto, all'inizio dell'inverno mi facevo fare il vaccino anti-influenzale; e uscivo di casa con l'ombrello anche se il cielo era sereno. Dopo laboriose ricerche ero riuscito ad acquistare una confezione di papaia on line. Presto la stessa papaia hawaiana arrivò anche nelle farmacie di Milano; e io mi sentii definitivamente al sicuro. Si presentava nella forma di zucchero bianco, e dello zucchero bianco aveva anche il sapore. Della papaia non si sentiva nemmeno l'aroma. La versavo sotto la lingua, lontano dai pasti. Ne assumevo una bustina al giorno. Ma, se mi pareva di essere sull'orlo di un'infreddatura o in preda a un'eccessiva stanchezza, le bustine giornaliere potevano salire fino a tre.

I CD4, però, continuavano a scendere.

Senza interrompere la papaia, nei cui poteri mi ostinavo a credere – il mio sistema avrebbe di certo subìto danni assai più gravi se l'avessi interrotta –, sempre più convinto che la soluzione non stesse nella chimica, ricorsi alla scienza di un celebre omeopata, consigliatomi dal mio farmacista.

Il celebre omeopata mi ricevette dopo una settimana, in un piccolo studio dalle parti di San Siro. Era un uomo affabile, sovrappeso, ben poco interessato all'eleganza o alla cura dell'aspetto. Sedeva dietro una piccola scrivania, su cui troneggiava un Mac. Per tutta la durata della visita rimase seduto là dietro. Ci limitammo a parlare. Parlò soprattutto lui, all'inizio. Scoperto che insegnavo all'università, mi raccontò che sua figlia studiava Architettura a Parigi. Si trovava molto bene in Francia; parlava la lingua come se ci fosse nata e cresciuta, anche se fino all'anno prima aveva vissuto a Catania con la madre. Abitava nel Marais, in un appartamentino che non era costato uno sproposito... Avanti, facessi adesso io un consuntivo della mia vita. Dicessi che carattere avevo, da dove venivo, come avevo vissuto da piccolo, se i miei genitori mi avevano amato.

Dissi che stavo cercando un rimedio per contrastare la rovina del mio sistema immunitario; che avevo il virus dell'HIV.

Il celebre omeopata annuì... Certo, certo... Allora, com'era stata la mia infanzia?

Mi scoprii del tutto incapace di soddisfarlo – e non perché la mia memoria non funzionasse o non trovassi le parole giuste. Io, semplicemente, non avevo alcuna voglia di parlare della mia infanzia. A che serviva?

Sì, qualcosa dissi. Ma non ero io la stentata descrizione che mi usciva dalla bocca. In quello studio, alla presenza di quell'uomo, il mio passato era diventato distante e imprendibile come un sasso deposto sul fondo del mare; il braccio, per quanto si allungasse, non poteva arrivarci e, più l'acqua veniva smossa, meno si riconosceva l'obiettivo. Parlavo di un altro, e di uno che non mi interessava granché. Neanche una parola su Paolo, sulla difficoltà di mantenere vivo il nostro amore, su tutto il lavorio mentale che svolgevo ogni minuto per non perderlo, per non perdermi...

Lui, intanto, prendeva appunti con la penna, su un quadernino francese (lo identificai dalla tipica quadrettatura). La vaghezza del mio resoconto non sembrava deluderlo.

Quando ebbi terminato le mie generiche chiacchiere, aprì un file del computer.

"Platinum," sentenziò. "Per lei ci vuole platinum..."


Su internet scoprii che il platinum era indicato per soggetti snelli, nervosi, isterici, orgogliosi e arroganti, specie se donne; per chi soffre di mania religiosa; o di vaginite; e ha paura di morire da un momento all'altro; e ha organi genitali ipersensibili, con formicolio voluttuoso e desiderio eccessivo e costante.

Grazie al platinum la mia irritabilità crebbe al di là di ogni ragionevolezza. Non riuscivo più a controllare le mie reazioni e i miei movimenti. Perdevo la calma per un nonnulla, rompevo senza volere piatti e bicchieri, urtavo contro i mobili, inciampavo. Non parlavo: urlavo.

Al termine della prima settimana, fortemente incoraggiato da Paolo, sospesi l'assunzione della preziosa sostanza.

Svanita ogni fiducia nell'omeopatia e nei medici omeopati, non rinunciai, però, alla papaia. La papaia non era un prodotto omeopatico. Era naturale, qualcosa di buono faceva, ne ero certo. Da quando avevo cominciato ad assumerla, non mi veniva più il raffreddore, per esempio.

L'impero di Marco Aurelio fu caratterizzato da una costante paura delle invasioni germaniche. Nel 166 alcune tribù varcarono il Danubio e riuscirono a occupare l'Italia settentrionale. Nel 168, ad Aquileia, Marco – con Lucio Vero, che lo affiancava al potere – venne a patti con gli invasori e l'Italia fu liberata. Ma il pericolo permaneva. Vero morì di apoplessia nel 169 ad Altino, sulla foce del Piave, dopo essersi rivelato un socio scomodo e inefficace. Marco, rimasto solo al governo, si impegnò in una campagna militare dopo l'altra. Il suo obiettivo era la pacificazione dell'Europa centrale e sudorientale a nord del Danubio. Dal 170 al 174, stabilitosi per la maggior parte del tempo a Carnunto, tra le odierne Austria e Ungheria, combatté contro i Quadi e i Marcomanni e nel 175 vinse gli Iazigi di Sarmazia. La sua opera subì una battuta d'arresto a seguito della ribellione di Avidio Cassio, che nel 175 si fece proclamare imperatore in Egitto e in Siria. Marco, benché Cassio venisse subito assassinato, dovette dirigersi in Siria e, nel 176, visitò anche l'Egitto. Nel 177 le tribù germaniche ripresero a disturbare la Pannonia. Quello stesso anno morì ad Alala, in Cappadocia, l'adorata moglie Faustina. Marco elevò al rango di Augusto il figlio Commodo e partì per il Nord, dove sconfisse i Marcomanni nel 178. Avrebbe potuto impadronirsi del loro ter-

140

ritorio ma morì, dopo una breve malattia, nel 180, non lontano da Vienna. Commodo, diciottenne smidollato, non proseguì la campagna.

Nella tranquillità notturna che seguiva gli scontri armati, Marco buttava giù pensieri e riflessioni. Ne uscì, alla fine, un diario; un diario senza date, che tace le occasioni e mette in rilievo l'esemplarità delle contingenze. Dei fatti – lo strepito di soldati, la polvere e il sangue, la scomodità del giaciglio o i lutti e le delusioni politiche – non arrivò neppure l'ombra nella scrittura. Le meditazioni di Marco ambivano all'assoluto, perché nascevano dalla solitudine, da una *ricerca* della solitudine.

La mente di Marco era come l'impero: voleva difendere i suoi confini. La sua arma principale era l'intelligenza. Capire le cose che spaventano e quelle in cui crediamo di credere: la morte, la fama, l'eternità, il corpo, l'anima, le forme visibili, i piaceri. Niente dura e niente è di per sé. Io sono parte dell'universo, e io stesso sono fatto di parti. Gli insiemi sono destinati a sciogliersi nei loro elementi costitutivi. Lo vuole la natura. La nostra mente individuale, quell'intelligenza in cui si riflette la ragione del cosmo, può e deve fare lo stesso – cioè seguire l'esempio della natura, che non sbaglia mai: sciogliere gli oggetti, analizzare i composti, rivelare la struttura. Lo stoicismo di Marco è un sereno decostruzionismo – una chimica del ragionamento e del sentimento. Molte illusioni, con la pratica dell'analisi, se ne andranno. L'uomo vedrà solo la verità. E, come per Stendhal, anche per Marco felice può essere solo chi arriva a conoscere la verità.

Tradussi qualche pensiero:

Quello che sono io? Carne, respiro e principio razionale. Dimentica i libri, non cercarli più; non c'è il tempo. Come se già stessi morendo, disprezza la carne: sangue, ossa, rete di nervi, vene, arterie. E il respiro? Vento; e mai uguale a sé, ma ogni istante rimesso e inghiottito. Terzo, dunque, il principio razionale. Pensaci: sei vecchio; non permettere più che quello sia servo, diventi marionetta dell'egoismo, detesti il presente o disperi dell'avvenire.

Occorre sempre avere in mente quale sia la natura dell'universo e quale la tua; in che rapporto questa stia con quella e che parte sia di che universo. E ancora: nessuno può impedirti né di fare né di dire *sempre* quello che si accorda alla natura, poiché le appartieni.

Anche se dovessi vivere tremila anni e altrettante decine di migliaia, ricorda che nessuno perde altra vita che quella che sta vivendo, né vive altra vita che quella che perderà. Allo stesso si riducono la vita più breve e quella più lunga. Quella presente è uguale per tutti, quella finita non ci appartiene. Il tempo perduto è minimo. Nessuno potrà mai perdere né il passato né il futuro. Come si può essere privati di qualcosa che non si ha? Occorre tenere a mente questi due fatti: primo, che tutte le cose fin dall'eternità mantengono un unico aspetto e ricorrono ciclicamente, e non fa differenza alcuna se uno vede le stesse cose per cento o duecento anni o per un tempo infinito; secondo, chi vive a lungo e chi muore presto perde la stessa identica cosa. Solo il presente ci è tolto, dato che solo questo abbiamo – nessuno perde quello che non possiede.

Ippocrate, dopo aver curato molte malattie, pure lui si ammalò e morì. I Caldei predissero la morte di molti, e anche per loro arrivò il giorno. Alessandro, Pompeo e Caio Cesare, rase al suolo tante volte intere città e sterminati sul campo di battaglia migliaia e migliaia di cavalieri e di fanti, alla fine morirono pure loro. Eraclito, fatte lunghe indagini sulla conflagrazione dell'universo, si ammalò di idropisia e, coperto di sterco bovino, morì. I pidocchi uccisero Democrito; pidocchi d'altro genere Socrate. Dunque? Ti sei imbarcato, hai compiuto la traversata, sei giunto: scendi. Se sarà un'altra vita, anche lì troverai gli dei. Se non sentirai più nulla, smetterai di subire i dolori e i piaceri e di obbedire al tuo involucro, tanto inferiore a quello che lo serve: l'uno è mente e genio, l'altro terra e liquame.

Cercano luoghi di ritiro, in campagna, al mare, sui monti. Anche tu sei portato a desiderarli più di qualunque cosa – desiderio meschino, poiché tu puoi, in qualunque momento, ritirarti in te stesso. Ritiro più tranquillo e più sereno non trovi al di fuori della tua anima. Soprattutto se hai idee che, solo a contemplarle, subito riacquisti tutta la pace, e per pace intendo nient'altro che ordine. Fai uso continuo di questo ritiro, e rinnovati. I tuoi princìpi siano brevi ed elementari, capaci, appena li contempli, di liberarti di ogni angoscia e di rimandarti sereno alle occupazioni cui ti rivolgi. Che cosa ti toglie la serenità? La cattiveria degli uomini? Ricorda queste massime: gli esseri ragionevoli sono nati gli uni per gli altri, sopportare è parte della giustizia, sbagliano senza volere; considera solo quanti sono quelli che, dopo essersi ostacolati, ingannati, odiati, feriti, ora sono cenere, e ti calmerai. O sei scontento della parte che ti è assegnata? Ricorda l'alternativa "O provvidenza o atomi" e tutti gli elementi che provano che l'universo è come uno stato. Ti turbano le condizioni del tuo corpo? Considera che la ragione, una volta che si sia astratta e abbia capito la propria essenza, non ha niente che vedere con i moti dolci o violenti del soffio vitale. E non dimenticare quello che hai sentito e condiviso sul dolore e sul piacere. Ti tormenta il pensiero della gloria? Osserva la rapidità dell'oblio e l'abisso del tempo infinito, tutt'intorno, quell'echeggiante vuoto, l'incostanza e l'arbitrarietà dei presunti dispensatori di fama, e la ristrettezza del luogo in cui la tua è scritta. La terra intera è un punto, e di questa quale angolino occupa la tua vita? E qui quanti e quali saranno i tuoi lodatori? D'ora in poi pensa a ritirarti nel campicello di te stesso, e prima di tutto non affannarti, non smaniare, ma sii libero e guarda le cose da uomo, da cittadino, da creatura mortale. I princìpi basilari che dovrai considerare sono due. Il primo: le cose non riguardano l'anima, ma ne stanno fuori, immobili – i turbamenti dipendono solo dalla nostra opinione interiore. Il secondo: tutto quello che vedi muterà presto e non sarà più. Non dimenticare mai che anche tu hai già partecipato a chissà quante trasformazioni. "L'universo è mutamento; la vita opinione."

Paolo diceva che il karate non era adatto. Mi sarei solo stancato. Perché non facevo un po' di yoga la mattina, con lui? I benefici che Paolo ne traeva li avevo sotto gli occhi. Qualche volta ci avevo provato anch'io, dietro sua insistenza, e mi ero perfino divertito. Ormai, però, ero convinto che il mio corpo richiedesse una disciplina davvero marziale; rapidità di reazione, forza e decisione. Dovevo saltare, picchiare, irrobustirmi; dovevo saper combattere. Dunque, cercai una palestra di karate e mi iscrissi a un corso per principianti. Il karate mi piacque fin dalla prima lezione, in cui imparai a chiudere i pugni e a distendere gli avambracci. Imponeva obiettivi da raggiungere, prospettava gradi di crescita, e questo andava nella direzione contraria all'opera del virus, che agiva per il decremento. Inoltre, la giovane età dei miei compagni di corso mi dava l'illusione di tornare a una fase iniziale della vita, a un "prima" vergine e sano, bianco come il mio kimono e la mia cintura, che non aveva nulla che vedere con le preoccupazioni di oggi; per non dire che mi liberava del tutto dalla vergognosa constatazione di essere diventato un seminvalido. La prima parte della lezione consisteva nel riscaldamen to: corsa, torsioni del busto, addominali, flessioni sulle braccia, stretching. Per il resto del tempo, mentre i miei giovanissimi compagni ripassavano il kata, io mi esercitavo davanti allo specchio a dare pugni. Nella posizione di partenza le braccia stavano piegate, aderenti al busto; i pugni serrati guardavano verso l'alto. Distendendosi in avanti, il braccio destro si torceva e il pugno, compiutasi la distensione del braccio, si ritrovava rivoltato – il dorso della mano in linea perfetta con l'avambraccio –, piantato dalla parte delle falangi sul muso o sullo stomaco dell'invisibile avversario. Poi il braccio si ritirava, compiendo lo stesso movimento all'inverso: il pugno ruotava esponendo verso l'alto le dita raccolte e il braccio si ripiegava a novanta gradi tornando ad aderire al fianco. A metà percorso, con perfetta, simmetrica coordinazione, quasi fosse collegato da una cinghia di trasmissione, cominciava a distendersi il sinistro.

Non era facile. Mi scoprivo non solo debole, ma imbelle. Nella mia vita non avevo mai imparato ad aggredire. Né avevo imparato a difendermi. Non avevo usato abbastanza il corpo, come del computer non usavo tutti i comandi, e quei semplici movimenti lo dimostravano. Allo specchio vedevo un individuo rigido, lento, goffo; una caricatura di karateka. E ancora, provando e riprovando con crescente affanno, mi ritrovavo a pensare al Varzi, al suo bellissimo corpo atletico, che quei pugni li avrebbe saputi dare con assoluta bravura. Riflesso pure lui nello specchio, rideva di me.

Luigi, il maestro, lasciando da parte il gruppo, veniva a correggermi. Sì, la rotazione era giusta, ma non imprimevo sufficiente forza. "Kime, kime!" mi esortava. E ripeteva il movimento per me. Che impeto! E che bellezza nell'impeto! Il braccio sembrava scorrere dentro un binario, diritto, sicuro, essenziale, mosso da un'energia interna che fluiva fin dalla spalla, e il pugno si fermava con un leggero, definitivo scatto, ultimo grado della perfezione. Se solo fossi riuscito a dare un pugno così...

Poi mi dava una dimostrazione delle parate. Anche in quelle non impegnava semplicemente gli arti necessari, ma tutto il suo essere. L'avvitamento dell'avambraccio, unito a una leggera torsione del busto, suggeriva una potenza da eroe. Il corpo di Luigi portava la memoria di avventure fisiche superiori, precluse ai più. I miei gesti apparivano così vuoti al confronto!

Chiesi a Luigi di darmi lezioni private. Ero certo che da lui avrei imparato a trionfare su tutte le mie debolezze, antiche e nuove.

Ci incontravamo il sabato pomeriggio, a casa sua, dove c'era una stanza allestita a palestra. I tre quarti della lezione erano dedicati ai calci. Imparavo a tirare calci di punta, di taglio, in avanti, all'indietro, di lato; a camminare calciando, a indietreggiare calciando, a voltarmi calciando; a ruotare il piede fermo, a spingere il bacino in avanti, a trasferire lo slancio sulla parte finale della gamba protesa... Su e giù, per quasi un'ora, con Luigi a fianco, anche lui in kimono oppure in maglietta: attento, bello, paziente. Volevo essere un buon discepolo, e mi impegnavo al massimo. Lui non la smetteva di correggermi, ma, perché non cadessi nello sconforto, mischiava le critiche con i complimenti. "Bene, molto bene Valerio, magari mettici un po' più di slancio... Regola meglio l'equilibrio, respira..." E io, tra un calcio e l'altro, venendomi sempre più difficile controllare i movimenti per la stanchezza, mi domandavo: Glielo dico? Non glielo dico? Almeno capisce lo sforzo che sto facendo... Finivo sempre per decidere che era meglio non dire. Quasi certamente Luigi, se avesse scoperto che ero sieropositivo, mi avrebbe rifiutato: che credito può avere come aspirante karateka uno che si porta nel sangue il seme dell'AIDS? E io avevo bisogno di continuare. Il karate mi faceva bene; lo capivo dall'indolenzimento dei muscoli, soprattutto quelli della schiena. Stavo usando parti del mio corpo che erano rimaste inattive per tutta la vita. Da lì, da quelle riserve di forza, fuoriusciva, sempre più formato, un individuo sano e resistente che alla fine avrebbe rimpiazzato per intero l'uomo malato. Mi stavo sdoppiando, replicandomi da me stesso, come uno di quegli insetti che muoiono per figliare; e la nuova vita appariva a tratti nello specchio, muovendosi indipendentemente da me, riflesso ribelle e libero. Nell'ultimo quarto d'ora ripassavamo il kata, l'Heian Shodan. Il kata richiedeva molta memoria. Io ne avevo per le parole; assai meno per i gesti. Però, con l'impegno, cioè la ripetizione quotidiana, arrivai a memorizzare tutti i passaggi del kata e a eseguirli di fila, senza incertezza, senza perdere l'orientamento durante i cambi di direzione, ritrovandomi infine nel punto esatto da cui ero partito; e, di giravolta in giravolta, di grido in grido, mi sentivo evolvere, rinnovare, schizzare fuori dal guscio mortifero del decadimento. Era, ritualizzata, la mia vicenda: dalla salute alla malattia e di nuovo alla salute.

Il grido, ossia il Kiai, era di somma importanza. Nell'emissione del grido l'essere esprimeva la sua potenza e la sua capacità di affermazione e di adeguamento. Il grido non era voce della bocca, ma del corpo padrone e signore. Usciva per una specie di necessità, come suono della perfetta corrispondenza tra forma e posizione delle membra.

Finita la lezione, facevo la doccia e mi fermavo per due chiacchiere, spesso accompagnate da un tè verde. Scoprii che Luigi aveva alle spalle una lunga carriera. Mi disse la sua età: quarantaquattro anni. Gliene avrei dati dieci di meno. Il karate era una delle passioni della sua vita. Aveva cominciato a cinque anni. I suoi salti lo avevano reso celebre, sia in Italia sia all'estero.

Una volta infilò una cassetta nel videoregistratore. Un ragazzo biondo e uno moro si inchinarono l'uno verso l'altro e cominciarono a combattere. Erano di un'agilità mai vista. Si trasferivano da un punto all'altro dello spazio con rapidità miracolosa, leggeri e precisi. Dei due Luigi era il biondo, quello che saltava più in alto.

"Ecco che cosa sapevo fare, quand'ero bravo," disse.

Mi mostrò anche i trofei che aveva accumulato nel corso degli anni, conservati in una vetrina, in fondo al corridoio.

Le altre passioni della sua vita erano i gioielli antichi, dei quali era commerciante, e Guglielmo, il suo compagno.

Conobbi anche lui, un sabato. Ci servì il tè. Lui faceva l'avvocato, e non conosceva una mossa di karate.

Decisi di presentarli a Paolo. Si piacquero moltissimo. Anche loro, già quella prima volta, comprarono alcuni suoi quadri. Guglielmo, qualche giorno dopo, ne commissionò uno nuovo per il suo studio. Desiderava che Paolo dipingesse un paesaggio cretese, le colline intorno a Kissamos, sulle quali si era fatto costruire una casa, e per questo gli diede una decina di fotografie da cui prendere spunto. Se però Paolo trovava le fotografie poco utili, lui sarebbe stato ben contento di portarlo a Creta e di pagargli a parte la trasferta.

Avevamo trovato altri due amici; altri due sostenitori.

Il quadro, una tela di due metri per tre, fu eseguito a Milano. A Kissamos andammo con Luigi e Guglielmo l'estate seguente e vi passammo una delle nostre vacanze più felici.

Per quasi due anni, secondo quella – credo – umanissima e per me abituale tendenza a spostare l'attenzione dal fenomeno all'epifenomeno, o meglio, dalla soverchiante realtà a qualche più governabile sineddoche, pretesi che il nemico da rintuzzare non fosse il virus, ma il farmaco. Niente e nessuno, nemmeno i sempre più disastrosi risultati delle analisi, poteva impedirmi di credere che io alla terapia, grazie al solo sostegno della volontà, non sarei mai dovuto arrivare. Pertanto, quando finalmente ci arrivai, faticai a prendere atto della resa. Cosa mi stava dicendo il dottore? Che m'importava del test delle resistenze? Che cosa c'entravano quelle scatole di medicine che mi stava porgendo? Io volevo andare avanti come ero andato avanti fino ad allora! Io traevo da me stesso la forza per oppormi al male! Ancora qualche mese e avrei preso la cintura marrone di karate...

Non mi rendevo conto di essere come un generale senza esercito. Se mi voltavo, vedevo solo macerie e cadaveri.

Tentai di ottenere una proroga.

"Valerio, hai centonovanta CD4," mi ricordò Diego. "Tecnicamente sei già entrato nell'AIDS... Il protocollo va seguito. Se aspettiamo ancora, la ricostruzione del tuo sistema immunitario sarà lenta e difficile... Avanti, non fare storie... Pensa che senza questi," e batté l'indice teso su una delle scatole, "ti resterebbe al più un anno di vita..."

Ero già stato in quella stanza almeno una ventina di volte, ma solo adesso notavo l'assenza di finestra, il neon, il linoleum sul pavimento, la fòrmica della scrivania. I farmaci erano tre. Avrei preso una pastiglia di ciascuno, una volta al giorno. "Capito?" si assicurò Diego. "Non è difficile, Valerio, no?" E si portò la mano sinistra alla bocca, come per buttarci dentro le pastiglie; quindi, con la destra sollevò un invisibile bicchiere d'acqua e bevve un sorso. Chissà a quanti aveva già mimato quel piccolo rito.

L'odio mi invase. Che poteva saperne lui se per me era facile o difficile? Lui, il dottore, era sano; non sapeva niente, non poteva neppure immaginare in che stato mi trovavo. Io stavo perdendo la libertà! Perché di questo si trattava: non di sofferenza, non di morte, ma di libertà. Fin dal primo momento la malattia mi aveva costretto a trovare sempre nuovi modi per rimanere libero. Ma adesso, legato ai farmaci, tenuto vivo dal capriccio della chimica, dalla benevolenza del sistema sanitario nazionale, la mia libertà o quell'ultima versione di libertà che ero riuscito a costruirmi dove andava a finire?

Non era chiaro quanto Diego fosse in grado di capire la mia angoscia: nel suo sguardo comparve un ironico sorriso di comprensione, indistinguibile però da un'ombra di rimprovero.

Sarebbe stato meglio iniziare la sera, prima di coricarmi, così che i fastidiosi effetti collaterali (giramenti di testa, vertigini, perdita di lucidità, in certi casi perfino allucinazioni) si confondessero con il sonno, che – mi preparassi – sarebbe stato popolato di incubi. Mi raccomandò di alzarmi adagio la mattina seguente, e di camminare lungo la parete. Per prudenza, mi consigliava anche di cancellare qualunque impegno per diversi giorni. E di non usare l'automobile. Ma soprattutto: niente panico.

È il giorno.

Sulla porta Paolo esita e dice che, se voglio, oggi non va in studio.

"Così non ci pensi, ti distraggo un po'... Ti andrebbe di fare una passeggiata?"

Gli dico che non ho bisogno di distrarmi e che non ho voglia di uscire. In ogni caso, non sarà prima delle undici di sera.

"Andrà tutto bene, vedrai... E, comunque, se ti senti poco bene, durante la notte ci sono io."

Invece gli chiedo di lasciarmi solo. Non voglio nessuno intorno.

"Ma perché?"

Non capisce.

Il perché, anzi *i* perché, non riesco a esprimerli.

Lo convinco a restare almeno quella prima notte dalla Gina.

"Che cosa le racconto?" mi domanda, mentre infila nella borsa lo spazzolino da denti e una maglietta. "Che mi hai cacciato di casa? Lei già pensa che tu sia un orco..."

"Dille quello che ti pare."

Alle undici in punto spremo le pastiglie fuori dai blister (una bianca, una azzurra e una blu e rossa), me le appoggio sulla lingua e mi riempio la bocca d'acqua. Devo bere molte volte perché vadano giù tutte e tre. Subito dopo, con il cuore in gola, vado a letto; provo a leggere qualche verso di Marziale, ma non riesco a concentrarmi. Scorro la lista dei possibili effetti collaterali: lipodistrofia, depressione, colesterolo, vertigine... Spengo la luce.

Una lama di sole arriva, attraverso il corridoio, fino alla soglia della camera. Mi stupisco di ritrovarmi ancora capace di pensare le parole "sole", "corridoio", "camera". Non oso alzarmi. Allungo il braccio e afferro la sveglia. Sono le dieci. Ottimo, riconosco anche i numeri. Non sto male. Mi sento solo la testa pesante, come se la sera prima mi fossi scolato due bottiglie di vino. Cosa succederà quando mi alzo? E che cosa ho sognato? Non lo ricordo... Gli incubi devono ancora iniziare. Sono certo che i tanto temuti mostri della notte si siano tutti dati convegno in cucina per il mio risveglio e che lì mi aspettino, pronti finalmente a colpire... Mi tiro su e, seduto sull'orlo del letto, aspetto un po'. Nessun rumore. Poi mi alzo, appoggiando con cura i piedi sul pavimento, e piano piano mi dirigo verso la cucina.

Non barcollo, la testa non mi gira; non vedo doppio. E non provo angoscia o ansia o paura. La lentezza del mio passo è intenzionale. Sono solo sorpreso, e guardingo, pronto a battere in ritirata al primo capogiro...

Arrivo alla porta dello studio. Getto un'occhiata oltre la soglia e sono assalito da un improvviso terrore: e se le pastiglie mi hanno privato dell'abilità che ho più cara fin dagli anni dell'adolescenza...? Se non sono più in grado di... leggere?

Entro a passi misurati, nonostante l'impazienza di sciogliere quell'atroce dubbio, e dopo essermi fermato al centro della stanza mi guardo intorno. Ecco la mia vita: scaffali e tavoli e scrivanie e biblioteche girevoli e vetrine per migliaia e migliaia di volumi... Sto contemplando i miei giorni: dentro quelle pagine, attraverso le infinite letture, si è depositato il mio tempo. Mai come adesso ho compreso che i libri letti sono trascrizioni perfette del passato; che i libri impediscono a quel che passa di dissolversi, perché lo materializzano, lo trasferiscono come una decalcomania sulle parole già scritte degli scrittori, per ogni lettera letta un istante vissuto, e così il passato non ci abbandona mai, sta al sicuro là dentro, basta aprire un volume...

Ma basta ancora solo aprire? Che cosa troverò ormai?

Mi avvicino alla sezione dei classici latini ed estraggo la copia dell'*Eneide* che ho usato al ginnasio.

Cerco l'incipit del secondo libro e leggo, sì, leggo!

*Conticuere omnes intentique ora tenebant.*
*Inde toro pater Aeneas sic orsus ab alto...*

E continuo a mente:

*Infandum, regina, iubes renovare dolorem,*
*Troianas ut opes et lamentabile regnum*
*Eruerint Danai quaeque ipse miserrima vidi*
*Et quorum pars magna fui...*

Ritorno sui miei passi e con l'*Eneide* sotto il braccio arrivo in cucina. Anche lì entra il sole.

Amministrando con estrema cautela ogni movimento, mi preparo un tè, mangio pane e marmellata, lavo le fragole e leggo qualche altro brano, qua e là.

Ora posso chiamare Paolo.

"Amore, finalmente! Ma come stai?" Singhiozza.

"Bene, sto bene... Ho appena fatto colazione..."

153

"Hai mangiato!? Ma non ti viene da vomitare...? Non ti gira tutto...?"

"No... Mi sento solo un po' stordito... Come se avessi dormito troppo dopo una sbronza... Però non ho la nausea..."

"Fa' attenzione, amore... Non muoverti di scatto, o rischi di cadere... Non fidarti... Il malessere viene a ondate... Vuoi che torni a casa?"

"No, sta' tranquillo... Ci sentiamo nel corso della giornata..."

"Giura che mi chiami ogni due ore... Non uscire, ok?"

"Ok..."

Anche lo stordimento passa. Davanti allo specchio del bagno provo un paio di calci. Mi riescono!

Alle tre, dopo un pranzo leggero, a piedi vado in piscina, senza dirlo a Paolo.

Nuoto per un'ora intera. Non nuotavo così bene e così tanto da oltre un anno.

Sono fiero di me, perché, pur non essendo stato capace di sottrarmi alla necessità dei farmaci, il primo giorno di terapia l'ho passato non a letto a boccheggiare, ma a leggere e a fare sport... C'è un po' di merito anche in questo, mi dico.

Il potere dei farmaci ha del magico. Nel giro di pochi giorni ho riacquistato la forza che avevo perduto. Solo adesso, riavendola tutta intera in una volta, capisco quanta me ne avesse tolta il virus. La mia situazione è paragonabile a quella di uno che, avendo pagato per anni tasse che non doveva pagare, all'improvviso si veda restituire l'ammontare complessivo nella forma di un assegno da riscuotere immediatamente. Se non la mia invincibilità, quel che mi sta capitando dimostra che il corpo, pur sottoposto agli assalti continui della malattia, non soccombe come un fiore reciso; che il corpo ha molte più risorse di quante sospettiamo. Nonostante le verruche e il progressivo indebolimento, ho continuato a vivere tutto sommato come sempre – avendo cura dei miei studi, dedicandomi a Paolo, facendo il padre, viaggiando, avanzando nel karate... Chi, a meno che non abbia notato il deteriorarsi della mia pelle, potrebbe dire che sono malato? Da un certo punto di vista, le mie capacità sono state perfino potenziate dalla malattia. Tengo lezioni migliori, sento più simpatia per la gioventù, osservo l'infanzia di Angelica con maggiore interesse, ho sviluppato antenne e radar che mi tengono lontano dalle attività inutili, come la frequentazione di chi non mi ama, dei trafficoni, degli sfaccendati; non butto più un solo minuto del mio tempo, o almeno così mi pare.

Il corpo è forte, fortissimo, e ti consente di fare sempre, fino alla fine. Si dice che siamo appesi a un filo. Invece noi, marionette dai mille gesti, di fili ne abbiamo numerosi; la falce ha molto da troncare prima di costringerci all'immobilità. Anche coloro che la morte sembra rapire, in verità non cadono di schianto, ma sono strappati via gradualmente, anche se troppo presto.

*Ac veluti summis antiquam in montibus ornum,*
*Cum ferro accisam crebrisque bipennibus instant*
*Eruere agricolae certatim; illa usque minatur*
*Et tremefacta comam concusso vertice nutat,*
*Volneribus donec paulatim evicta supremum*
*Congemuit traxitque iugis avolsa ruinam.*

Resta da capire – intendo su un piano filosofico, non biologico – perché resistere, a un certo punto, non sia più possibile o sufficiente.


Parto per Venezia, dove sono atteso a un convegno, e la sera, in albergo, mi scopro il torace coperto di piccole macchie rosse. Non voglio farci caso.

La notte arriva anche il prurito. Chiamo Paolo, come già l'avevo chiamato da New York dopo l'assalto delle piattole, ma questa volta nemmeno lui ha suggerimenti da dare. La mattina dopo le macchie sono estese al collo.

Cancello la mia partecipazione al convegno e riprendo il treno per Milano.

Dalla stazione vado direttamente all'ospedale.

A Diego basta una rapida occhiata. Sospendere i farmaci all'istante. Quelle macchioline provano che sono allergico. Cambieremo la terapia. Ma prima occorre che mi disintossichi.

"Forza," mi incoraggia. "Non c'è da preoccuparsi..."

Gli dèi si stanno prendendo gioco di me. Mi hanno fatto provare per un momento la gioia della ripresa solo perché la mia vera condizione – che è l'inguaribilità – mi risultasse ancor più amara e preoccupante.

Paolo tenta di rassicurarmi. Non è successo niente di grave o di inconsueto, dice. La terapia non si azzecca sempre al primo colpo, la prossima volta sarà quella giusta, sono in buone mani.

E se invece risulto allergico anche ai nuovi farmaci? A tutti i farmaci?

Se per il mio veleno non esiste contravveleno...?

Ero arrabbiato con Paolo, e odiavo esserlo; odiavo anche solo ammetterlo. Ugualmente, adesso, odio scrivere queste parole. Non credo infatti che siano le più adatte a spiegare il rancore in cui sempre più mi dibattevo. Ma ce ne sono altre? Una certa rozzezza semantica non serve qui a indicare perfino più precisamente dell'esattezza – ammettendo che in questo caso l'esattezza sia praticabile – la confusione dei miei pensieri e l'incapacità del mio linguaggio?

Avevo bisogno di prendermela con qualcuno? Sarei tentato di dire di no. Ma forse, sì. Sì, avevo bisogno di prendermela con qualcuno, e prendermela con Paolo veniva anche troppo facile. Era così riprovevole un tale bisogno? Sì, mi dicevo. Per questo mi negavo la libertà di lanciare accuse. Mi impegnavo a non commettere sbagli grossolani, di cui un giorno mi sarei potuto pentire; a non diventare banale, patetico, ingiusto, recriminatorio... E invece sbagliavo eccome, perché la rabbia la esprimevo a sproposito, per ragioni insufficienti. La minima imperfezione mi dava ai nervi – che mi spiegazzasse i pantaloni sedendosi sulle mie ginocchia o mi versasse acqua gassata nel bicchiere o si schizzasse di giallo una camicia che gli avevo regalato o continuasse a propormi gite che non avevo l'energia di fare. Alzavo subito la voce. Una sera alzai le mani. Quella volta mi aveva chiesto di accompagnarlo al cinema, ma io ero troppo stanco. "Va' con la Gina," gli ripetevo. Insistette, minimizzando le ragioni che gli portavo. Prima mi disse che lui al cinema voleva andare con me. Poi mi accusò di non accontentarlo mai in niente, e mi diede del pigro, del bugiardo e dell'antipatico. Gli mollai un ceffone, e gliene avrei mollato anche un secondo se lui, contro ogni mia aspettativa, non si fosse coperto la testa con le braccia, indietreggiando.

Nel Maine, un'altra volta, anche se non avevo alzato le mani, andò perfino peggio. Ci stavamo accingendo al riposino pomeridiano. La stanza era ben illuminata dal sole e il corpo nudo di Paolo, in quella luce, appariva perfetto, puro e intoccabile come la stessa luce. Stavamo parlando della casa di Marguerite Yourcenar, che avevamo visitato la mattina. Ricordavamo il paralume su cui erano scritti i famosi versi di Adriano, il Lalique che lei si era comprata con i soldi del primo contratto editoriale, i libri e le raccolte di immagini archeologiche che ancora occupavano gli scaffali, l'edizione Loeb di Saffo, piena di appunti, le annotazioni autografe che apparivano sulle stesse opere stampate di lei, i due belgi, moglie e marito, che avevano visitato la casa con noi e che ci avevano invitati a Bruxelles per il Capodanno... Appoggiai gli occhiali da sole sul letto e Paolo, non avendoli notati, ci si buttò sopra. "Maledizione!" urlai. E lo spinsi da una parte. Gli occhiali erano deformati. Nel tentativo di raddrizzarli feci uscire una lente dalla montatura.

"È colpa tua," disse Paolo.

Non credevo alle mie orecchie.

"No che non è colpa mia! Tu ti ci sei buttato sopra e questo è il risultato..."

"Non avresti dovuto mettere gli occhiali sul letto..."

Sarebbe bastato che mi dicesse: "Valerio, mi dispiace...".
E io avrei lasciato perdere. Invece, non lo disse. Si voltò su

un fianco e in un attimo, come era sua abitudine, abbracciato a me, si addormentò.

Si svegliò dopo un'oretta. Io, per la rabbia, non avevo chiuso occhio.

"Andiamo?" propose.

Prendemmo un sentiero dietro l'albergo e ci inoltrammo nel bosco. Paolo fingeva di non notare il mio malumore. Scattava fotografie o eseguiva schizzi con l'acquarello. Arrivammo a un lago circolare, su cui galleggiavano tronchi morti. Paolo si tolse la maglietta e si sistemò su uno scoglio, a un passo dalla riva.

"Non vieni a sederti vicino a me?"

"No."

E mi sedetti a una certa distanza, a contemplare la trasparenza dell'acqua.

Paolo scese dal suo scoglio e mi venne vicino. Aveva gli occhi pieni di lacrime.

"Valerio, se pensi che io mi senta in colpa per quello che è successo, ti sbagli. Io non ho nessuna colpa. Non lo dicevi tu che questa parola non avremmo mai dovuto usarla? Avevi ragione. Qui nessuno ha colpa. Dunque, non aspettarti le mie scuse. Io non te ne devo."

Quel discorso mi gelò il sangue. Lì per lì mi venne da pensare: È finita; basta, io con quest'uomo non posso più stare; non posso subire critiche così ingiuste, dopo tutte le difficoltà che ho affrontato per lui.

Ma era vero che mi aspettavo delle scuse?

Sì, me le aspettavo, ora lo vedevo chiaramente, come vedevo le alghe sotto il pelo dell'acqua. Me le ero aspettate per tutto quel tempo, fin da subito, anche se dicevo che nessuno aveva colpa, anche se sapevo che la verità e la giustizia non stavano in alcuna delle parole che si cercano sui dizionari. E, certo, le avevo rifiutate le parole dei dizionari. "Colpa" e "perdono", "debito" e "credito"; le parole della morale e dell'economia, le parole che si sono solo sentite dire... Ma la conseguente mancanza di definizioni non avevo ancora avuto la capacità di riempirla di significato.

Perché allora le pretendevo, quelle scuse da Paolo? Perché mi aveva tolto la salute...? Che assurdità! Sapevo bene che lui non sapeva di essere sieropositivo quando era diventato il mio amante. In fondo, avrei potuto infettarlo io. Anche lui si era fidato di me. Certo. Io però ero ancora sposato, non avevo avuto rapporti sessuali con altri che mia moglie. E questo Paolo lo sapeva. Avrebbe dovuto usare più cautela, non approfittare della fiducia che gli davo. Ecco che cosa mi toglieva la pace: pensare che Paolo avesse agito con leggerezza, che non si fosse fatto fare le analisi per tempo e che non avesse obbligato me a farle...

E io? Tante belle misure non avrei potuto esigerle io? Perché non ero stato attento? Perché Paolo non aveva preteso che io stessi attento? Perché non si rendeva conto che avrebbe dovuto esigere che io stessi attento? E perché adesso non notava che ero arrabbiato? Perché faceva finta che tutto andasse bene?

Ma faceva finta...?

No, io non volevo nessuna scusa, proprio no. Lui, però, *doveva* chiedermi scusa. Allora io gli avrei detto che non doveva assolutamente chiedermela.

Ecco perché ero arrabbiato: ero arrabbiato perché mi aspettavo che Paolo mi chiedesse scusa. Io, al suo posto, avrei chiesto scusa mille volte! Ma lui scusa non la chiedeva. Dopo i pianti del primo momento, non aveva più dimostrato nessun rimorso.

Perché, insomma, non capiva che io... che io ero precitato nel controsenso? Come si fa, infatti, ad amare chi ti ha tolto la salute?

O capiva? Quello dei due che non capiva ero io?

E perché non trovavo il coraggio di parlare chiaramente?

Perché non gli dicevo che soffrivo, e che la mia sofferenza non aveva un aspetto, ma mi si trasformava davanti come un Proteo e mi instillava orribili pensieri nell'anima, e mi costringeva a tenere sempre la testa voltata indietro? O forse Paolo era bloccato dalla stessa impossibilità che adesso limitava me. Perché, dunque, aspettarmi da lui delle scuse? Quali scuse, se il suo segreto era il mio; se, amandoci, non avevamo alcuna necessità delle parole? Non sapevamo già tutto? Perché trasformare nella verità monca della verbalizzazione la scienza enciclopedica del silenzio?

Pensai di lasciarlo. A un certo punto, dopo aver rinnovato quotidianamente per qualche mese la risoluzione di farlo, credetti di esserne capace.

Non lo ero per niente. Lontano da lui sarebbe stato peggio. Mi sarei condannato a un'infelicità assoluta.

Dovevo restare con lui. Solo così questa malattia sarebbe diventata una libertà. Paolo doveva vedermi morire, doveva assistere alla fine che il caso, attraverso lui, aveva stabilito per me. Solo sotto i suoi occhi la mia vita ormai era vita, e la mia morte avrebbe avuto un senso.

E quante volte, in questi anni, sono morto sotto gli occhi di Paolo! Queste stesse parole le scrivo da morto.

Sono una Bovary che parla dall'oltretomba.

L'interruzione del mio rapporto con il dipartimento non mi impediva di tornare in America quando volevo. E ci tornavo ogni anno, anche più volte, per stare nella mia casa. Sapevo di essere un indesiderato, ma chi poteva dire che lo ero? Chi alla frontiera avrebbe avuto la capacità di stabilire solo guardandomi che io dall'altra parte non avevo il diritto di passare? Non ce l'avevo scritto sulla pelle quello che avevo, non ancora almeno. La dogana, se anche assomigliava a un grande ambulatorio, comunque non era il sotterraneo del mio ospedale, la sala degli emaciati (eppure qualche emaciato lo identificavo eccome intorno a me, procedendo verso il gabbiotto dei doganieri). Quel che avevo, tra l'altro, potevo anche ignorare di averlo. Chissà quanti stranieri sieropositivi entrano giornalmente negli Stati Uniti senza sapere quale sostanza proibita contrabbandino. Bastava star zitti; sul modulo che distribuivano in aereo prima dell'atterraggio, barrare la casellina del no a fianco alla domanda sulle malattie infettive. E così facevo, stavo zitto, non senza provare, però, uno strano imbarazzo, una stretta allo stomaco. Io non avevo niente da nascondere, eppure mi comportavo da criminale.

La preoccupazione si acuì dopo l'inizio della terapia. Ora dovevo andare di là con i farmaci. Il concetto di frontiera mi diventò più chiaro e attuale che mai. Per me, come per molti altri individui nella storia, contemporanea e passata, varcarla non era cosa scontata. Per la prima volta, sull'orlo del paese che più amavo al mondo e dal quale più avevo ricevuto, mi sentivo indegno, intraducibile. Io ero il virus e gli Stati Uniti un immenso, efficientissimo sistema immunitario – che, certo, aveva dimostrato di non essere sempre all'altezza della situazione, ma che in questo caso avrebbe saputo facilmente tener testa a un nemico così poco armato com'ero io. E se me li trovavano veramente, quei benedetti farmaci? Che cosa avrei detto...? Avrei detto che erano antistaminici, o vitamine, o proteine. Gli americani si rimpinzavano di sostanze simili. Ma mi avrebbero creduto? E se avessero verificato il contenuto delle confezioni? Le pastiglie, purtroppo, recavano il marchio di fabbrica. Perciò, non bastava grattar via le etichette adesive dai flaconi. A parte che quei flaconi graffiati destavano tanto sospetto quanto un nome ben leggibile. Più saggio trasferire tutte le pastiglie nella confezione di un analgesico. La polizia americana, comunque, non la fregavi. Come niente, se voleva, ti identificava il Sustiva e il Combivir e tutti gli antiretrovirali dell'universo. E io, messo davanti all'evidenza, che figura ci avrei fatto? La figura del bugiardo, del delinquente. Mi avrebbero dichiarato nemico degli Stati Uniti e rispedito al mio paese con il primo aereo; e lì, dove avevo vissuto tanti anni della mia giovinezza, dove mi ero sposato ed ero diventato padre e avevo lavorato e ottenuto la stima di colleghi e studenti e avevo ancora casa, lì, non avrei mai più potuto rimettere piede.

I farmaci andavano nascosti. Ma dove? La valigia era il posto più sicuro. Ai raggi X non avrebbero avuto una faccia troppo sospetta. Ma la valigia poteva andare persa. Restava il bagaglio a mano. Quello, in tanti anni, non mi era mai stato controllato. Adesso, però, temevo che potesse succedere. Tra l'altro, dopo l'11 settembre i controlli si erano moltiplicati a dismisura. Le tasche della giacca, allora... Naturalmente, avrebbero potuto trovarli anche lì, con una semplicissima perquisizione.

Arrivare negli Stati Uniti era diventato un patema. L'ansia diventava panico dopo l'atterraggio. Mi sentivo braccato. La fila all'*Immigration* era sempre troppo lunga. Tutte quelle telecamere erano lì per me – per spiare i miei movimenti, le espressioni del mio viso... Non mi venisse in mente di toccarmi le tasche o di guardare nel bagaglio a mano, o di alzare la testa.

Ma, come si legge nei romanzi, la cosa più temuta succede sempre.

Paolo già era fuori e io stavo mostrando al doganiere il modulo timbrato dal controllo passaporti. Lui, anziché lasciarmi continuare verso l'uscita, come accadeva di solito, mi spinse da parte. Un poliziotto mi avvicinò e mi chiese di aprire il bagaglio a mano su un tavolo di metallo.

Obbedii. Vicino a me, un asiatico mostrava a un altro poliziotto una serie di scatole di medicinali. Il poliziotto ne ispezionò alcune con particolare diligenza e poi, con quelle in mano, si allontanò.

"*Thank you very much, sir,*" concluse in fretta il mio poliziotto.

E mi liberò.

Non riuscii neanche a contraccambiare il ringraziamento, perché la bocca mi si era completamente asciugata, come quella volta che la mia lezione era stata interrotta dall'improvvisa telefonata. Non solo. La testa ronzava, incapace di formare un qualunque pensiero, il respiro si era fermato e gli intestini erano attraversati da violente ondate peristaltiche.

Ora conoscevo anche il terrore del clandestino.

"Ma che cosa è successo?" mi domandò Paolo, quando finalmente spuntai dall'altra parte.

Senza una parola, gli mollai la borsa a tracolla – chissà come, non mi aveva tradito – e corsi in bagno.

All'inizio dell'autunno Luigi si prese la varicella. Come è tipico tra gli adulti, la malattia infettiva si manifestò in maniera particolarmente violenta. Il poverino finì addirittura in ospedale. Lì, però, l'aggressione non si fermò, anzi imperversò, creando danni inattesi e clamorosi. Nel giro di due giorni, senza che i medici potessero far null'altro che osservare la sfacciata baldanza del male, Luigi entrò in coma.

Risvegliatosi tre giorni dopo, si ritrovò privo della vista e dell'udito. Non mi era mai venuto in mente che potesse essere sieropositivo. Il suo fisico muscoloso e attraente distoglieva anche uno vigile come me da qualunque sospetto di malattia. Ora, però, di fronte a un simile disastro, il sospetto lo ebbi. Misi Guglielmo alle strette e lui, con una certa riluttanza, mi confessò che, sì, Luigi era sieropositivo. L'aveva appena appreso dai medici. Luigi gliel'aveva tenuto nascosto per tutti quegli anni.

Morì dopo una settimana, durante la quale invano Guglielmo si era appigliato alla speranza di una ripresa, per quanto minima.

La vista non tornò per un solo minuto, e l'udito fu parzialmente ripristinato solo per infliggergli altro tormento. I suoni adesso arrivavano alle orecchie deformati, ingigantiti, spaventosi. Il rumore di una sedia trascinata o di una porta sbattuta lo sconvolgeva come un'esplosione. Allora, confuso, isterico, urlava e digrignava i denti e agitava le braccia in tutte le direzioni, nel tentativo di evadere dalla prigione rimbombante che era diventato il suo corpo.

Lo rividi nella cassa, il mio maestro. Le membra avevano subìto un rimpicciolimento mostruoso, di cui, in presenza dell'uomo vivo, non si sarebbe mai sospettata capace la materia.

Più che nel dolore, Guglielmo sprofondò nello stupore.

Com'era possibile che in dieci anni di convivenza non si fosse reso conto che Luigi era sieropositivo? E perché non gli aveva mai detto niente?

Ma soprattutto: perché aveva voluto morire?

Non c'era dubbio, infatti, che fosse morto per scelta.

Guglielmo, subito dopo il ricovero di Luigi, aveva ritrovato in fondo a un cassetto una ricetta che portava la data di tre anni prima. Aveva contattato l'ospedale e scoperto che Luigi aveva seguito regolarmente la terapia per oltre dieci anni prima che si incontrassero e che appunto da tre l'aveva interrotta.

Che non gliel'avesse detto per paura di venire respinto, in un primo tempo, e, successivamente, per la vergogna di apparire bugiardo, questo alla fine si capiva... Ma perché aveva smesso di prendere i farmaci?

Guglielmo lo aveva domandato allo stesso Luigi, un paio di giorni prima che morisse, ma lui, ammesso che le parole gli fossero arrivate al cervello – cosa assai improbabile, dato lo sconvolgimento delle sue facoltà intellettive –, non aveva risposto.

Si era stancato di vivere? Non si sarebbe detto...

Ma forse sì.

E come era riuscito a nascondere la sua intenzione di morire? Da che momento aveva deciso di farla finita?

O si era semplicemente stancato di nascondere il suo segreto?

O si era convinto che, dopo tanti anni, i farmaci non servissero più? Aveva voluto sfidare la sorte? Era entrato in un gioco che ignorava quanto pericoloso fosse?

O aveva iniziato a pensarla come quelli – neanche così pochi – che sostengono che il virus non esiste, che l'hanno inventato le case farmaceutiche per far soldi o gli Stati e la Chiesa per tenere a bada la gente con il terrore?

Guglielmo aveva il resto della vita per tentare di rispondere a queste domande.

Alla scomparsa di Luigi reagì con ammirevole compostezza; perfino con ironia. Non lo vidi versare una sola lacrima davanti alla tomba.

Mentre uscivamo da Musocco, disse:

"Ho vissuto per dieci anni accanto a uno sconosciuto. Non saprò mai chi era Luigi; nemmeno voi, d'altra parte".

Né era arrabbiato con lui, o preoccupato per la propria salute. Luigi aveva sempre usato le dovute precauzioni. Per questo, più di una volta, a Guglielmo era venuto da pensare che lo tradisse, benché non avesse altre prove che l'eccessiva cautela, unita a una certa svogliatezza sessuale.

A ogni modo le analisi, alle quali lo spronammo sia io sia Paolo, diedero esito negativo. Così, almeno, Guglielmo disse a noi.

Che cosa pensava Paolo di quello che ci era successo? Passando gli anni, come giudicava la parte che la sorte gli aveva assegnato? Certo, mi amava. Ma aveva imparato ad amarmi anche per gratitudine, perché alla fine non l'avevo abbandonato, perché non gli avevo rinfacciato nemmeno una volta le prove cui il suo amore mi aveva costretto? O mi amava per paura di non trovare altri?

Di certo non era stato facile neppure per lui. Anche lui aveva dovuto superare le sue prove. Prima di tutto, aveva dovuto trovare la forza di non disperarsi. Dare una malattia alla persona che si ama; renderla fragile, più mortale... Ci può essere tormento più orribile? Io, al suo posto, come mi sarei comportato? L'avrei lasciato? E, se non lo avessi lasciato, non avrei smesso di... Che cosa, quale parola vorrei dire e non dico? Paolo, d'altronde, non stava cercando di... in ogni modo, già solo con il fatto di starmi accanto ogni giorno? Lui, no, non mi aveva lasciato; e suppongo che la tentazione l'avesse avuta. Lui aveva accettato di convivere con le conseguenze del suo amore.

E l'amore, il vero amore, era infine solo quello che era venuto con la malattia? Era questo amore l'antidoto?

Paolo simili questioni sembrava proprio che non se le ponesse. Aveva l'aria di essersi perfettamente pacificato con i fatti e con sé stesso. Lui era sieropositivo, io ero sieropositivo. Tra le due condizioni la sua mente sembrava aver cancellato qualunque rapporto diretto, estraendole dalla cronologia e assolutizzandole. Arrivò perfino ad affidarmi il ritiro periodico dei suoi farmaci. "Già che vai per te..." La prima volta che me lo chiese rimasi a bocca aperta. Come poteva? Come *osava*? Non vedeva quanto era offensivo anche solo aspettarsi da me quel favore? Io, non fosse stato per lui, all'ospedale delle malattie infettive non avrei mai nemmeno messo piede. E ora lui, che mi aveva infettato, mi incaricava di risparmiargli la fatica del viaggio!

Imparai a prevenirlo. "Paolo, domattina vado all'ospedale. Ti serve una nuova scorta di farmaci? Sì...? Allora dammi la ricetta, la delega e la tessera sanitaria..." E la mattina dopo trovavo sulla scrivania ricetta, delega e tessera sanitaria, e allo sportello riempivo la tracolla anche delle sue scatole.

Ero troppo comprensivo? Ero stupido, codardo? Non protestavo per paura di riaccendere le scenate e i drammi dei primi tempi? Non credo... Quello che nella condotta di Paolo poteva infastidire me, come una richiesta apparentemente incongrua, non derivava per forza da mancanza di riguardo o da superficialità. Paolo nel nostro rapporto ricercava la spontaneità e la normalità. Vietarsi consciamente di chiedermi di ritirare i suoi farmaci, se a me poteva apparire una forma di rispetto, di fatto si sarebbe tradotto in una limitazione reciproca, entrambi ci saremmo ritrovati con una cosa da non fare, lui il chiedere, io il dare, e noi non volevamo limiti, noi volevamo e dovevamo volere la libertà, sempre e comunque. Se cucinavo per lui, se piegavo le sue magliette, se portavo le sue fatture dal commercialista, se andavo a ritirare una cornice al suo posto quando mi trovavo sulla strada, perché non ritirargli pure i farmaci? Non era anche questa la libertà?

Diego fu trasferito a un altro ospedale e io mi ritrovai paziente di Riccardo. L'improvvisa dipartita di Diego non mi dispiacque. Aveva un bel carattere e le sue spiegazioni erano sempre molto esaurienti. Però non mi andava il modo spiccio e spersonalizzante in cui trattava la malattia. Dal nuovo medico mi aspettavo altro.

Non fui deluso. Con Riccardo, farmaci e valori numerici quasi sparirono dai discorsi. Si parlava di sentimenti, di emozioni... Riccardo credeva nelle storie degli altri. Non aveva nulla del funzionario della medicina. Lui *aiutava* i malati. Lui *amava* i malati. Ne curava perfino in casa propria, se occorreva, potendo contare sull'aiuto della moglie, Marisa.

Li invitammo a cena a casa nostra. Mai visti due così altruisti e generosi, così interessati ai casi della gente, così capaci di prendere sul serio la tristezza e la disperazione anche del più estraneo degli estranei. Entrambi prestavano soccorso volontario in diversi centri sociali, dando sollievo a bambini, immigrati, tossici, poveri, moribondi. Riccardo inoltre faceva parte di un progetto del ministero degli Esteri che portava farmaci e istruzione medica in Africa. Passava almeno un mese all'anno in Congo.

Ci pensai a lungo, ne parlai con Paolo, e poi dissi a Riccardo che volevo andare in Congo anch'io, insieme a lui.

"Ma non è possibile," obiettò. "Il progetto non prevede visitatori..."

Insistei. Avrei dato una mano, mi sarei reso utile... Ma per me, diceva, non c'era niente da fare laggiù. Mi sarei solo annoiato, schifato, e magari pure ammalato di tubercolosi. "Vuoi vedere che cos'è veramente l'AIDS? Smetti le pastiglie, e diventi africano all'istante." Sì, volevo vedere. Volevo *capire*. Che cosa sapevo io, in fondo, della malattia? Solo quello che avevo intravisto nella mia testa, solo impressioni personali, fantasie, immagini letterarie... Se nessuno mi avesse detto che ero sieropositivo e i farmaci si fosse preso la briga di somministrarmeli ogni sera uno spirito benigno di nascosto da me, chi ci pensava all'AIDS? Un occidentale benestante e istruito della malattia nemmeno si accorge, in fondo. In Africa, invece, è diverso. L'Africa, dove vive il sessanta per cento degli infettati del mondo, mi avrebbe messo davanti la *cosa*, non la *parola* soltanto. In Africa avrei guardato la verità negli occhi.

"Devi andare," diceva Paolo. "Se questo è il tuo desiderio... Però, mi mancherai, lo sai..."

Dopo essermi sentito dire no mille volte ed essermi quasi lasciato dissuadere, all'inizio di novembre partii con Riccardo per Kinshasa.

Sceso dall'aereo, dopo un viaggio di quattordici ore, inalai subito l'odore del disfacimento.

Riccardo, vedendomi storcere il naso, disse:

"Muffa e terra marcia. È l'odore del Congo".

Tutto doveva rivelarsi peggiore di quello che mi aveva prospettato, a cominciare da quella puzza.

Il benvenuto vero e proprio furono gli urli che ci accolsero il giorno dopo all'ospedale. Non avevo mai sentito urli di tale intensità e tanto prolungati. Minuti e minuti di ululati. Un ragazzo era morto fulminato e la famiglia, nell'atrio, stava dando sfogo al dolore.

Seguii Riccardo nell'ambulatorio.

Mi fu immediatamente chiaro che lì non c'entravo nulla.

"Che faccio?" gli domandai.

Alzò le spalle.

"Parla con quelli che aspettano fuori..."

Indossai la mascherina e mi avvicinai alla coda. Erano lì per essere esaminati. La mia mascherina suscitò in tutti uno stupore primordiale. Che cos'era? Che cosa copriva? Perché mi nascondevo? Un'infermiera, passandomi accanto, scoppiò a ridere.

A malincuore me la tolsi, rassegnato a espormi, almeno per quel giorno, al rischio (altissimo) di tubercolosi.

Che cosa dovevo dire? *Veuillez bien patienter, Le docteur va vous recevoir dans quelques instants, Comment allez-vous, Vous arrivez de loin* ecc. Neanche tutti parlavano francese. Mi guardavano senza simpatia. Li scortavo a uno a uno dal dottore, nessuno ringraziava.

Nel pomeriggio accompagnai Riccardo nel reparto infettivi. Pochi passi e avevo i conati di vomito. Uomini e donne morivano in letti luridi e putridi, avvolti in lenzuola che loro stessi si erano portati; alcuni sicuramente erano già morti.

Pranzammo con uova sode e banane, i cibi più sicuri. Un medico ci offrì una porzione di stufato di scimmia, che le donne cucinavano dentro pentoloni sotto la tettoia, in cortile. Noi rifiutammo e lui se la rise.

La pioggia, la fame, la noia e il caldo mi istupidirono.

A casa, la sera, mi accasciai su una poltrona e contemplai il vuoto, a lungo incapace di riavermi.

Ma riuscii a cenare e, dopo, provai a buttarla sul ridere. "Sai come mi sento?" dissi a Riccardo. "Come l'imperatore Adriano, che viaggiava sempre con il suo medico personale."

E lui, non del tutto ironico, aprendo un Urania:

"Io come non so chi, che va in giro con i suoi pazienti".

Il nostro alloggio era una grande villa, che durante il giorno era occupata anche da personale amministrativo, davanti al fiume Congo, dalle parti del palazzo presidenziale. La villa era protetta da cancelli e i cancelli da guardiani, giorno e notte. Godevamo di un certo comfort, di condizioni igieniche tutto sommato accettabili. Avevamo perfino il cuoco, Marc, il quale, perché non ci sentissimo troppo lontani dal nostro benessere, inondava il pollo e le verdure di olio d'oliva.

Spesso, però, mancava l'elettricità; e l'acqua scarseggiava. Comunicare con Paolo e con Angelica era praticamente impossibile, anche via mail. E c'erano zanzare irriducibili, contro le quali i prodotti chimici valevano poco. E dal momento che era la stagione delle piogge, diluviava senza posa. La notte l'acqua batteva a scrosci assordanti su una tettoia metallica vicina alla mia camera, e io dormivo male, agitato.

All'ospedale ci si recava in macchina per ragioni di sicurezza, con tanto di autista, José, un omone di centoventi chili pieno di esperienza e di furbizia. Assolutamente vietato portare altri con noi.

Il viaggio da casa all'ospedale durava quasi un'ora. Lungo la strada si vedevano solo miseria e distruzione, rese ancora più atrocemente tristi dal maltempo. La pioggia creava laghi e distese di fango, che solo un fuoristrada come il nostro poteva attraversare. Ma i poveracci non si curavano della pioggia, giravano qua e là, si inzuppavano, sprofondavano negli acquitrini, senza meta o ragione. Nelle loro case di latta, comunque, non erano molto più protetti che all'aria aperta. E i bambini abbandonati creavano gruppi, sciami, si assiepavano lungo la macchina, chiedendo *le transport*, ovvero l'elemosina. José ci disse che sniffavano colla e che vivevano in grosse tubature dismesse, specialmente nella zona dello stadio. Si sfamavano con quello che capitava. Arrostivano anche i topi, o si facevano uno stufato di bruchi, in salsa di arachidi e pomodoro, sgraffignati al supermercato dei bianchi, dove tutto costava uno sproposito.

La polizia era ovunque, e cercava di prenderti soldi con qualunque scusa. Per fortuna, José trovava sempre il modo di liberarcene.

"Siamo venuti qui per niente," dissi a Riccardo una sera, in giardino, rompendo un lungo silenzio, durante il quale tutti e due ci eravamo incantati a osservare la caccia di uno dei tanti gatti.

"Non è vero," mi contraddisse. "Grazie al progetto, molti si salvano... Certo, se ne salverebbero di più se il paese fosse meglio governato... Hai visto la svogliatezza dei miei colleghi? Non ci credono. E non ci credono perché i politici non li aiutano... Sanno che non se ne potrà uscire mai completamente. I bambini nascono moribondi per l'infezione, per la malaria, per la malnutrizione. Curi un malanno, ma un altro ti ammazza il figlio sei mesi dopo. Certe madri scelgono chi lasciar morire, perché sanno di avere risorse alimentari limitate..."

Le infermiere erano migliori dei medici. Incarnavano l'intraprendenza e la fiducia nel risultato immediato. Non si risparmiavano. Ed erano anche simpatiche e sorridenti. La migliore era Stéphanie. Nonostante fosse all'ottavo mese di gravidanza, si buttava nella mischia con un'energia e una convinzione inimmaginabili, senza pensare ai rischi che correva – tanto reali che, come scoprii qualche tempo dopo, prese la tubercolosi, partorì un bambino privo di vita e rimase paralizzata.

Diventai l'accompagnatore di José. Lo seguivo da un ospedale all'altro e lo aspettavo in macchina, mentre lui concludeva i suoi traffici. Trasportava cibo, materiali, scartoffie, e tutto quello che faceva aveva un che di clandestino, un sapore di illecito. Aveva una moglie e una figlia, e diceva che voleva dar loro un avvenire.

Propose di accompagnarmi al *marché des voleurs* – che in verità si chiamava *marché des valeurs*. Mi fece un prezzo speciale. Scortato da lui, visitai i banchi degli artigiani, che mandavano odore di bruciato, e ritornai a casa carico di maschere e di pietre intagliate, che il giorno dopo regalai alle infermiere.

Sempre per un prezzo speciale mi portò anche a Lola Ya Bonobo, a due ore di macchina da Kinshasa. In quel parco, fondato nel 1994 da una signora belga, Claudine André, finiscono i bonobo, le scimmie nostre cugine che la deforestazione ha privato di un habitat. Vengono istruite a ricrearsi una società e abitudini naturali. La guida ci spiegò che sono per natura animali molto gioiosi, amanti del sesso: con il sesso, dove la loro società ha modo di prosperare spontaneamente, risolvono tutte le tensioni, accoppiandosi senza distinzione di età o di genere. Le femmine sono molto influenti e rispettate e tramandano il loro prestigio ai figli maschi. Madri e figli mantengono rapporti molto stretti per tutta la vita. In una casetta, attaccata ai recinti, vidi una donna molto bella che allattava il suo bambino: di fronte a lei una scimmia faceva altrettanto. La donna le serviva da modello: la povera mamma bonobo, infatti, essendosi ritrovata senza esempi nel suo mondo, non aveva idea di come nutrire il suo neonato.

Fu una gita molto piacevole. Quel giorno piovve meno. Riuscimmo perfino a pranzare in riva al lago: pollo, patate, foglie di manioca e Primus, la birra di cui si stordisce l'intero paese.

All'ospedale passavo qualche ora del pomeriggio. Servivo come banco di credito. Qualcosa dovevo pur fare. Pagavo da bere per tutti e offrivo *le transport* a tutti. Con un'infermiera andavo al mercato vicino – andarci da solo non sarebbe stato pensabile – e compravo dozzine di lattine di Coca-Cola. Ci davano anche certe buste di arachidi, mal cotte e bruciacchiate, per me davvero indigeste.

A una donna incinta elargii un *transport* particolarmente copioso: tutti i dollari che mi restavano. Sapevo che non serviva, ma, come ho detto, qualcosa dovevo fare.

Al termine della seconda settimana decisi che era tempo di tornare a casa.

Riccardo mi disse, mentre salivo in macchina:

"Pensavo che avresti ceduto già il secondo giorno...".

Gli abiti e gli oggetti personali non li riportai in Italia. Li sentivo contaminati dai germi di un altro, più grave contagio. Riccardo, fraintendendo, commentò:

"Buona idea, qui servono... Già che ci siamo, lascia anche i farmaci... A Milano ne puoi ritirare di nuovi...".

E mi fece la ricetta.

Chissà, forse ancora oggi per le strade di Kinshasa si aggira qualcuno vestito da Valerio De Sanctis.

Da alcuni mesi Emanuele stava con un certo Mauro, un corista della Scala.

Una storia così lunga e così intensa non l'aveva mai avuta. Lui stesso non ci credeva. Come si divertiva a dire, Mauro gli piaceva davvero, *purtroppo*.

Ci invitarono a passare il Capodanno con loro a Vienna e noi, per accettare, cancellammo un viaggio a Parigi fissato già da tempo. Tanto meglio, ci dicemmo. Chardin saremmo andati a rivederlo in primavera.

La prospettiva di passare qualche giorno insieme a un'altra coppia ci dava gioia.

Stavamo in un bell'appartamento del centro, che Mauro aveva preso in prestito da un amico.

Conosceva molto bene la città, dove era già stato molte volte e per lunghi periodi. Conosceva bene anche il tedesco. Dunque, ci consegnammo a lui.

D'altronde, Mauro ispirava fiducia e simpatia. Era gentile, allegro, pieno di idee e di curiosità. Non imponeva nulla, proponeva solo e si assicurava ogni volta che questo e non quello fosse di nostra preferenza, ristorante, teatro o museo. Né risultava ingombrante o servizievole in modo fastidioso, o egocentrico. Neppure quando cantava – cosa che in casa faceva di continuo, se non eravamo impegnati in qualche conversazione – sembrava volersi imporre o pretendere tutta l'attenzione per sé. Il suo canto era una piacevole manifestazione di grazia e di contentezza.

Era anche un bell'uomo.

Aveva solo qualche anno meno di Emanuele, ma sembrava molto più giovane, perché lo trattava quasi con devozione. Verso di noi, i suoi amici, usava ogni riguardo.

Sembrava la vacanza ideale. Si andava d'accordo, si era in una città magnifica, in una casa comoda ed elegante; la compagnia era ottima... Eppure...

Eppure stavo male. Non mi divertivo, non ridevo. In Mauro vedevo me.

Quanto più lui si dimostrava soddisfatto della nostra vacanza, tanto più crescevano la mia pena, il mio senso di colpa, il mio risentimento, la mia vergogna, il mio rimpianto.

Lo stavamo ingannando. Emanuele, il suo amato Emanuele, era sieropositivo e lui era l'unico a non saperlo. Lui cantava; e noi glielo lasciavamo fare.

"Non è giusto," provai a dire a Paolo. "Mauro deve essere informato!"

Paolo mi disse che noi non c'entravamo. Non erano affari nostri.

Fui tentato di affrontare Emanuele. Ma a che pro? Mi avrebbe detto: "Non ti preoccupare, appena rientriamo da Vienna, chiudo...".

Ma, appunto, io non volevo che chiudesse. Io volevo che loro restassero insieme, che la loro storia durasse, come avevo voluto che durasse la nostra.

Che errore fu quello! Avrei dovuto prendere la palla al balzo, accettare quello che all'inizio Paolo mi aveva chiesto di fare: lasciarlo. Invece mi ero intestardito, mi ero impegnato a continuare a qualunque costo. Per quale motivo?

Per non buttare via tutto? Per paura della solitudine? Per

non darmi dello stupido? Per vivere la vita che non avevo avuto la capacità di darmi da giovane?

Non avevo risposte.

Che fossimo a cena in un buon ristorante o davanti a un quadro meraviglioso, io non mi toglievo dalla testa questa frase: *Ah, se qualcuno avesse informato me!*

Cosa avrei fatto, in quel caso? Sarei rimasto con Paolo?

Neanche a queste domande ero in grado di rispondere.

Mi sentivo come quel triplice ritratto di Lorenzo Lotto del Kunsthistorisches Museum, che non sa in quale direzione puntare lo sguardo. E mi disperavo, perché io per tutto quel tempo avevo cercato, e talvolta creduto, di guardare in un'unica direzione, di vedere una sola e definitiva ragione, di credere senza più angosce o sospetti nel nostro amore, di possedere una conoscenza ultima e perfetta della verità. Neanche andare in Africa era servito. Ero come quelle madri bonobo che avevano perso i più elementari istinti. Avevo perso la capacità di capire. Loro, almeno, potevano reimparare osservando una femmina umana. Ma io? A un malato quali modelli si danno, se non il ricordo di una salute che non tornerà?

E, avendo sotto gli occhi Emanuele e Mauro, cancellai le rassicurazioni che mi ero dato in tanti anni e mi convinsi che Paolo aveva sempre saputo di essere sieropositivo; che lo sapeva già quando si era messo con me, che mi aveva ingannato. Io allora avevo creduto senz'altro a quello che mi raccontava, che prima delle famose analisi lui non sapeva di avere il virus. Mi ero fidato delle sue lacrime. Ora, nella città in cui era morto Marco Aurelio, *compresi* che aveva mentito. Prima aveva evitato di dirmi la verità, come Emanuele stava facendo con Mauro, e poi aveva detto che non ne sapeva nulla. Doppiamente bugiardo.

Né diminuiva la mia angoscia il pensiero, che pure risorgeva senza posa, che Paolo, se anche aveva mentito – cosa per me ormai certa –, l'aveva fatto per non perdermi. Dunque, per amore.

La sera di Capodanno, che avevamo stabilito di trascorrere a casa, Mauro cantò, al piano, alcune romanze. Concluse con un'esecuzione in falsetto di *Amami Alfredo*.

Al momento del brindisi feci attenzione a non toccare con il mio bicchiere quello di Paolo. E lui, con gli occhi lucidi, mi sussurrò:

"Perché fai così? Ti auguro di liberarti da tutto questo tormento, amore mio... Questo ti auguro per il nuovo anno...".

Rientrai a Milano stanco e avvilito, con il mal di gola. Il mal di gola peggiorò rapidamente e fu seguito da un grosso raffreddore. D'altronde, a Vienna non aveva fatto che piovere e nevicare, e noi non avevamo fatto che correre da una parte all'altra della città per lunghe giornate. L'ultima mattina, poi, a Schönbrunn, eravamo rimasti in coda al gelo per oltre mezz'ora.

Da quando ero sieropositivo, avendo il terrore di indebolirmi e di beccarmi un malanno, mi proteggevo il più possibile dal freddo e dal vento con sciarpe e cappelli, indossavo ormai solo maglioni di cashmere e avevo preso l'abitudine di portare la canottiera, assumevo vitamine e integratori alimentari (compresa la solita papaia), mi imponevo di dormire almeno otto ore per notte, evitavo i mezzi pubblici e in aereo usavo la mascherina. Evidentemente, tante cautele non bastavano.

Paolo minimizzava:

"Tutti si ammalano, prima o poi. Un raffreddore può venire a chiunque...".

E venne anche a lui, nonostante avesse un maggior numero di CD4, e in forma perfino più grave.

Prese così posto vicino a me nel letto, senza un lamento. Disse soltanto, in tono scherzoso:

"Non avrei dovuto baciarti tanto nei giorni scorsi...".

Passammo a letto quasi una settimana. Avevamo preso un'influenza.

Che giorni strani! Giorni bellissimi...

Leggevamo, sonnecchiavamo, sorbivamo tazze di tè verde, tossivamo, ci soffiavamo il naso... Tra noi quasi non si parlava. Ma non eravamo mai stati così bene insieme; o forse sì, quella volta all'American Hotel, a Sag Harbor, nella grande vasca da bagno. E anche allora la pace e la gioia me le aveva date non il sesso – che non permette una vera uguaglianza, anzi esaspera nello sforzo della reciprocità l'individualità di ciascuno (tanto più quella volta) –, ma il caso di trovarmi nelle medesime condizioni fisiche di Paolo, immerso con lui in un solo elemento.

Appena uno si appisolava, l'altro gli si stringeva contro e così restava, immobile, adattato alla sua forma.

Non avevo mai abbracciato Paolo con tanto affetto, vorrei dire: con tanta *pietas*. Dopo esserci divisi a Vienna, ora ci ricongiungevamo in un letargo felice e oblioso, in una febbre purificatrice, in un sogno comune. Non c'era più alcuna necessità delle parole che non si potevano dire. Anzi, all'improvviso tutto era dicibile, ma noi preferivamo tacerlo, perché tutto *finalmente* ci appariva nella sua ultima, più semplice verità.

Quel riposo e quella vicinanza mi hanno lasciato nella memoria una gioia che non so descrivere in breve. Mi ci vorrebbero pagine e pagine per rappresentare ogni respiro che scambiavamo, la penombra dolce della stanza, la felicità del dormiveglia, la pace dei pensieri, l'ebbrezza rallegrante di uno starnuto, la piacevolezza di un brivido o del calore reciproco, lo stupore con cui i nostri sguardi si incontravano per caso, mentre ci riscuotevamo dal torpore in un breve movimento automatico, e si riconoscevano.

Eravamo morti, ma non importava. La cosa che avevamo più temuto non aveva, avvenuta, niente di temibile. La resa non era una sconfitta. Volavamo.

Ma Paolo non si ristabiliva. Al raffreddore si aggiunse una tosse forte e persistente e la sua vitalità crollò. In studio smise di andare. Diceva che aveva bisogno di riposo, che aveva lavorato troppo ultimamente. Passava il pomeriggio a sonnecchiare sul divano, mentre il tè si raffreddava sul tavolino. Del suo stato non si preoccupava, dava la colpa all'affaticamento, di cui in verità fino a poco prima non aveva mai presentato alcun segno; e al freddo di Vienna. Minimizzava anche la gravità di certi sopravvenuti dolori intestinali. Anche l'intestino, diceva, era sempre stato il punto debole del suo organismo, come la pelle.

Il medico di base lo visitò. Non trovò nulla di strano. Sì, era l'inverno; tanti erano nelle sue condizioni.

Pensai che Paolo fosse caduto in una specie di abbattimento, in una *malinconia*. Non mi piaceva usare la parola "depressione", che invocava scenari clinici, un'oggettività estranea; una parola latina che trovavo e ancora trovo estranea al mio gusto, forse anche perché etimologicamente non vantava una bella storia classica. Le parole che piacciono, in fondo, sono quelle alle quali crediamo di consegnare con più poesia le nostre ragioni.

Di quella malinconia cominciai a credere di essere io la causa.

Non l'avevo amato abbastanza. Gli avevo dato la mia vita; ero rimasto con lui... Ma era sufficiente? Partii per un giro di conferenze, che mi avrebbero tenuto lontano da casa per un paio di settimane. Paolo, indebolito e svogliato, non poté accompagnarmi. Mi lasciò partire senza mostrare alcun dispiacere. Anche questa disaffezione era prova di una condizione preoccupante. "Divertiti," disse senza ironia.

Al telefono, la sera, lo sentivo tossire e ansimare. Gli raccontavo di Berlino, di Edimburgo, di Cracovia, e i miei racconti venivano interrotti da continui scoppi di tosse. Lui mi rassicurava, diceva che la sua era una tosse nervosa, tosse da reflusso. L'aveva già avuta, anche suo padre ne aveva sofferto da giovane. Non dovevo stare in pensiero.


Quando rientrai, trovai un'ombra. Ci siamo, mi dissi. E il primo è lui. I quindici anni, però, non erano passati. Quanti ne erano passati? Pochi, troppo pochi ancora...

Aveva smesso di mangiare e trascorreva ormai l'intera giornata a letto. Non riusciva più nemmeno a camminare, perché i piedi gli si erano gonfiati. Me li mostrava divertito, facendoli spuntare dalle lenzuola. "Ti piacciono? Non sono assurdi?" Io glieli toccavo e giravo la faccia dall'altra parte perché non mi vedesse piangere. La pelle delle caviglie si tendeva lucida, coprendo le sporgenze dei malleoli. "Hai male?" gli domandavo. E lui: "Un po'...". E con tutti questi segni di malattia, con tutta questa sofferenza, non lo sentii lamentarsi nemmeno una volta. Gli spiaceva solo, diceva ogni tanto, rimanere indietro con il lavoro.

La tosse si era aggravata. Adesso lo scuoteva giorno e notte. Dormiva su quattro cuscini, in diagonale, se si poteva chiamare "dormire" un riposo continuamente interrotto. Respirava con pietosa fatica e riempiva di bava e catarro centinaia di fazzoletti, che gli cadevano di mano formando una specie di tappeto. Per consentirgli maggiore libertà nel letto, mi spostai nella stanza di Angelica. Di nascosto da lui, che si ostinava a considerare i suoi malanni uno strascico dell'influenza e la tosse un effetto dell'acidità gastrica, chiamai Riccardo. Disse che ci voleva un'analisi del sangue. L'indomani mattina, verso l'alba, dopo averlo sentito rantolare tutta la notte, lo caricai in macchina e lo portai al pronto soccorso.

Paolo si sottopose alle analisi di routine con un'arrendevolezza puerile, quasi che tutto questo riguardasse altri. La sera fu ricoverato nel reparto di malattie infettive. Non si sapeva ancora bene che cosa avesse. Ma di certo, ci comunicò Riccardo stesso, aveva una grave polmonite. Anche l'intestino era in pessime condizioni. Il gonfiore dei piedi andava ancora spiegato. Poteva dipendere da un cattivo funzionamento del cuore o dei reni.

Campioni del suo sangue furono messi a coltura e nel giro di due giorni si accertò che dentro ci viveva un batterio, precisamente uno *streptococcus bovis*. Nel mio vocabolario latino questa espressione – che è un'invenzione moderna – mancava. Detto batterio amava l'intestino e provocava il cancro. Occorreva dunque stabilire se nei visceri di Paolo se ne fosse sviluppato uno. Neppure questa prospettiva sembrò allarmarlo.

"Se ce l'ho, ce l'ho da poco... Dunque, non sono in pericolo... Lo togliamo in fretta e io riprendo la mia vita..."

L'attacco del batterio e l'HIV non erano necessariamente collegati, ci spiegò Riccardo. Quel batterio chiunque poteva prenderlo, era nell'aria; tutti siamo pieni di batteri, la pelle di ciascuno ne è coperta. E poi arriva il giorno che il batterio ha la meglio, chissà perché... Non era neanche da escludere che Paolo lo avesse in corpo già da tempo e che solo ora, per un momentaneo abbassamento delle difese (i suoi CD4, infatti, erano ancora numerosi), il batterio avesse avuto l'occasione di agire.

La colonscopia rilevò la presenza di sei polipi, ma non quella di un cancro. I polipi vennero asportati lì per lì e mandati in laboratorio con campioni di cellule intestinali. I risultati della biopsia sarebbero arrivati dopo qualche giorno.

La parte più malata, alla fine, risultò essere il cuore. Donde il gonfiore dei piedi. Il batterio che aveva attaccato l'intestino, lo *streptococcus bovis*, era risalito fino alla valvola aortica e lì si era insediato.

Paolo fu spostato dal reparto di malattie infettive a quello di cardiologia e lì cominciò a ricevere per via endovenosa gli antibiotici necessari. Si prevedeva che dovesse passare in ospedale almeno quattro settimane.

La notte faticavo a prendere sonno. Paolo mi mancava; mi mancava da troppo tempo... Da quanto non facevamo l'amore? Da quanto non lo potevo abbracciare? Da quanto lui non abbracciava me? Non era solo la nostalgia. Ero certo che, se avessi ceduto al sonno, Paolo sarebbe morto. Scoprii la mortalità del mio ragazzo, io che avevo sempre creduto che dei due fosse lui il più forte, io che, troppo preoccupato per me stesso, non lo avevo mai pensato vulnerabile, io che avevo avuto bisogno di saperlo inattaccabile nella sua giovinezza, io come il virus, io vampiro... E, in quelle notti vuote e irrimediabili, lo guardavo morire e non potevo impedirlo, certo che ogni mio respiro lo spingesse sempre più vicino alla fine.

Ma mi addormentavo, purtroppo mi addormentavo, e il risveglio era tremendo, perché di colpo, aprendo gli occhi, mi accorgevo che mi ero distratto, che la morte, mentre io dormivo, aveva guadagnato un altro pezzo della sua vita... Era morto, dunque? Non osavo chiamarlo. Aspettavo il suo sms o la sua mail di buongiorno, davanti alla tazza del tè, e mi meravigliavo quando, a un certo punto, arrivava. Tra il bip e la lettura lasciavo una pausa. Che cosa mi aveva scritto? Stava peggio? Poi mi mettevo alla scrivania. Mi imponevo di tradurre qualche verso, come già avevo fatto dopo avere scoperto di essere sieropositivo. Ma stavolta traducevo per lui, perché il malato era *lui*, perché malato era *anche* lui! All'improvviso, dopo avergli attribuito l'immortalità, mi ritrovavo a tentare di salvare la *sua* vita. E questo Paolo mortale, quest'uomo che di colpo assomigliava a me anche troppo, mi portava a una nuova disperazione, a una tenerezza struggente e totalizzante, che mi avvicinava a lui come nient'altro era riuscito a fare prima, nemmeno il desiderio, e, se mi toglieva definitivamente l'illusione che il mio ragazzo fosse e dovesse essere perfetto al posto mio, mi ricompensava però con la gioia di volerlo vivo.

Stentavo a concentrarmi, sul foglio non tiravo che righe, ma alla fine qualcosa usciva.


*Né donna o giovinetto*
*Più m'importa né illudermi che cuore*
*Parli al mio o vino schietto*
*A gara bere o unire al capo fiore.*

*Ma, Ligurino, allora*
*Perché ogni tanto il pianto in viso cola?*
*Perché si disonora*
*Nel silenzio cadendo la parola?*

*La notte ti catturo*
*Poi in sogno e stringo e dietro poi mi affanno*
*Tra l'erbe, oh troppo duro,*
*Del campo Marzio, o le onde che non stanno.*

Dopo pranzo preparavo la borsa delle cose da portargli: libri, film, qualche maglietta pulita...

Il tratto di strada che divideva la fermata della metropolitana dall'ingresso dell'ospedale lo facevo di corsa. Entravo col fiatone, dicendomi: Lo troverò ancora vivo? Mi fermavo davanti alla porta della sua stanza, sollevavo il vetro opaco dello spioncino e... Se ne stava lì, disteso su un fianco, a guardare davanti a sé, quasi irriconoscibile... Eccolo, in un letto d'ospedale, l'uomo che mi amava, ridotto a quel solo sguardo. Che cosa guardava? Non rimanevo a osservarlo più di qualche secondo. Non volevo saperlo. Avevo paura di trovare in quello sguardo qualcosa che non avrei avuto la forza di accettare, di riconoscerci troppa infelicità, di capire che, nonostante me, Paolo non aveva trovato l'amore.

Altri visitatori non ne venivano, perché Paolo non aveva informato nessuno del suo ricovero né voleva che io informassi nessuno, nemmeno i genitori o Marina o la stessa Gina. Alla fine concesse che lo dicessi a Emanuele e Mauro, ma neanche loro dovevano andare a trovarlo. A chi gli inviava una mail o un sms rispondeva come se fosse a casa o in studio. Non un accenno alle sue condizioni di salute.

Passavamo insieme tutto il pomeriggio. A me non importava che essere con lui. Parlavamo un po' della sua salute, fantasticavamo sul prossimo viaggio, e poi lasciavo che si addormentasse e lo guardavo riposare.

Il gonfiore dei piedi e la tosse, grazie all'azione degli antibiotici, si ridussero nel giro di pochi giorni. E cancri non ne saltarono fuori. Ma l'infezione dava sofferenza a tutto il corpo. Abbracciarlo, stringerlo, accarezzarlo era impensabile, e il divieto rendeva estremo il bisogno di contatto. Un modo di toccarci, infine, lo trovammo – che a lui non dava pena né ci avrebbe messo in imbarazzo qualora ci fossimo ritrovati sotto gli occhi delle infermiere. Dalla sedia su cui ero sistemato allungavo la gamba destra fino alla sponda del suo letto e con la punta dell'alluce sfioravo l'incavo del suo ginocchio destro, piegato opportunamente per consentire il successo della mia manovra. Non si può dire nemmeno che in quella maniera ci toccassimo. No. Ci sfioravamo. Ma quello sfiorarsi, che provocava a lui nessun dolore e a me un minimo sforzo muscolare, valeva mille piaceri, mille carezze; quello sfiorarsi era solo nostro, più unico di qualunque penetrazione, più nudo della più completa nudità, perché oltre a quello non ci restava niente, perché quel quasi niente aveva la capacità di un tutto.

Solo lì, all'ospedale, vicino a lui, ritrovavo un po' di tranquillità. Anzi, una vera e propria pace si impossessava di me. L'ospedale diventò una specie di casa, la vera casa. Riuscivo persino a schiacciare un pisolino sulla sedia, appoggiato scomodamente su un bracciolo, prima che servissero il tè. Paolo, lui sì che dormiva, reso ancora più fiacco dalla potenza degli antibiotici.

Ogni tanto un'infermiera veniva a prelevargli il sangue, a iniettargli l'anticoagulante a provargli la pressione o a misurargli la temperatura. Allora riapriva gli occhi, ma tornava ad addormentarsi non appena l'infermiera usciva. Si risvegliava per la cena. Nonostante la qualità mediocre del cibo, mangiava con grande appetito. Era diventato addirittura famelico. Poi offriva il braccio alla flebo.

In genere andavo via proprio allora, perché la vista di quella cannuccia che entrava nel suo braccio mi rattristava. Il corpo malato di Paolo si era ridotto a una povera cosa pervia, da cui venivano estratte le sostanze più segrete e in cui entravano oggetti inanimati, cannule, aghi, tubi, sonde. Non gli apparteneva più. Perché si salvasse dalla dissoluzione dovevo custodirlo io in me.


Quella sera volli restare più a lungo del solito. Avevo notato che la cannula della flebo era piena di bolle d'aria e temevo che Paolo potesse morirne. L'infermiera mi rassicurò, disse che bolle di tali dimensioni non avrebbero causato alcun male. Paolo si addormentò. Anch'io mi addormentai sulla sedia e quando, poco dopo, mi svegliai, la parte del lenzuolo più vicina a me apparve tinta di un vivace carminio. La cannula si era sfilata, trascinando via la farfallina, e dal braccio di Paolo zampillava il sangue. Ne era gocciolato anche per terra; proprio davanti ai miei piedi si era formata una piccola pozza. Corsi a premere il campanello, non prima però di essermi reso conto che io, il sangue di Paolo, quel sangue che si era confuso con il mio e tanto aveva mutato la mia vita, non l'avevo mai visto.

L'infermiera arrivò e sistemò tutto in poco tempo. Cambiò anche le lenzuola. Io però, con un calcolato spostamento della sedia, ero riuscito a nasconderle la pozza. Aspettai che Paolo si riaddormentasse, spinsi la sedia di lato e guardai il pavimento. Il sangue aveva un colore magnifico, luccicava; mi ci potevo specchiare. Quel sangue era un'altra opera di Paolo, e io l'amavo come una cosa mia. Prima che l'infermiera tornasse, presi alcuni fazzolettini di carta e controvoglia mi misi ad asciugarlo. Dovetti strofinare energicamente per toglierlo, perché si era molto indurito. E, per quanto forte avessi strofinato, ne rimasero alcune tracce indelebili, niente più che qualche schizzo minimo, confuso nella picchiettatura del linoleum, un disegno chiaro a me solo, che spiegava tutto.

In quei giorni vedevo spesso Emanuele, più del solito. Ci incontravamo per un caffè da qualche parte, prima che andassi in ospedale – Paolo mi chiedeva di non arrivare prima delle tre, perché voleva riposare dopo pranzo –, ma soprattutto la sera, a cena. Mauro era in tournée.

Emanuele diceva che avevo bisogno di compagnia, ed era vero. Però, anche lui ne aveva bisogno. L'impegno con cui mi sosteneva il morale e prometteva una soluzione felice delle difficoltà era tanto più appassionato perché si stava a sua volta opponendo agli spettri della fine. Pur essendosi ripromesso di farlo dopo Vienna, non riusciva a lasciare Mauro. Stavolta, ritirarsi come era sempre stato solito, senza spiegazioni e senza addii, proprio non poteva. Amava quell'uomo e si sentiva amato da lui.

Rimandava la rottura di giorno in giorno.

"Ma così non ti godi niente," gli dicevo. "Così vivi solo in una perenne vigilia... Sarebbe davvero un delitto se rinunciassi anche a questo amore, senza dire del male ingiusto che faresti a Mauro..."

"La vigilia è la mia condizione, Valerio. Di più non posso e non devo aspettarmi..."

"Sì, invece," protestavo. "Potresti e dovresti parlare a Mauro... Tu escludi per partito preso che lui capisca... Tu vivi di pregiudizi!"

"No, parlargli mai. Ho già sperimentato anche troppo spesso quanto poco servano i discorsi. E poi ho lasciato passare troppo tempo. Dirlo subito no, o ti bruci. Dirlo dopo, neppure, peggio ancora. Che duri finché dura... Almeno resterà il ricordo di una cosa bellissima, che le parole non hanno rovinato. Prima o poi troverò il coraggio di finirla. Per ora, anche se soffro, continuo così... Ogni minuto in più è un premio..."

Pensai di parlare io stesso a Mauro. Sapevo di essergli simpatico. Danni non se ne rischiavano. Alla peggio avrei accorciato di qualche settimana la loro storia, comunque condannata.

Ma, alla fine, perché mettermi in mezzo? Per affetto verso Emanuele? Se ci avessi provato e avessi anche riportato un successo diplomatico, lui non mi avrebbe mai perdonato di essermi immischiato, e la nostra amicizia non sarebbe sopravvissuta... Meglio continuare a rivestire il meno compromettente, benché frustrante, ruolo di testimone.

La soluzione la fornì Mauro stesso, chiedendo a Emanuele di sottoporsi al test dell'HIV.

Emanuele mi chiamò disperato alle due del mattino.

"E adesso che faccio? Dovrò fingere di cadere dalle nuvole..."

"È arrivato il momento di spiegarsi," dissi.

"Non ne ho il coraggio..."

Mi salì il sangue alla testa. Perché dovevamo sempre tutti avere paura di essere quello che eravamo?

"Fa' le analisi," ripresi. "Quando hai i risultati, gli dici quello che hai sempre saputo. Gli dici che il tuo virus è inattivo, praticamente inquantificabile; che stai benissimo... Gli dici che avevi paura di perderlo, a dirglielo subito... Lui capirà, continuerete a usare le precauzioni e tutto andrà bene... Magari salta fuori che è sieropositivo pure lui... Come ci rimarresti? O magari, te lo ripeto, non ha proprio niente da ridire..."

"Tu con Paolo saresti rimasto se, prima di infettarti, avessi scoperto che era sieropositivo?"

Non risposi. Non era più il tempo per rispondere a questo genere di domande.

Emanuele non contemplò nemmeno per un momento la possibilità più facile: rifiutarsi. Rifiutandosi, avrebbe chiuso la storia, semplicemente. Chiuderla, tanto, doveva. A lui, però, non andava di farlo a quel modo. Non voleva passare per codardo. E comunque, non era ancora pronto per la separazione...

Anche nell'emergenza scelse la procrastinazione. Lasciò passare ancora parecchie settimane, finché Mauro non gli mise sotto il naso il risultato delle sue analisi. A quel punto, tergiversare oltre sarebbe equivalso a un'ammissione di colpevolezza bell'e buona.


A fare le analisi lo accompagnai io, prima di passare da Paolo per la solita visita pomeridiana. A lui, per paura di preoccuparlo inutilmente, e forse anche per paura di rimanere deluso dalla sua reazione, non avevo raccontato nulla.

Eravamo agitati tutti e due come se non sapessimo. Io lo ero assai più della mattina di tanti anni prima in cui, con il nome di Paolo, avevo offerto il braccio al fatidico prelievo.

Aspettammo l'ora del ritiro nel bar dell'angolo e, bevendo litri di tè verde, passammo al vaglio le varie soluzioni, prospettando gli scenari che più plausibilmente sarebbero derivati da ognuna. Non fu un esercizio rassicurante. Qualunque ipotesi sembrava solo promettere la fine di quell'amore.

Ritirammo il risultato e andammo verso gli ascensori. Emanuele aveva la faccia lunga.

"Salutami Paolo," disse.

Nemmeno aveva aperto la busta. Gliela sfilai di mano e la aprii io.

195

"SIERONEGATIVO."

Lesse anche lui. Sì, il foglio affermava questo: Emanuele *non* aveva il virus.

Si mise a ridere e a battere le mani, ringraziando l'incompetenza dei tecnici. "Non è un colpo di culo?" esultava. "Sono sieropositivo da quindici anni e a Mauro posso far vedere questo!"

"Emanuele," gli dissi, senza partecipare al suo divertimento. "Devi rifare le analisi..."

"E per quale motivo?"

"Perché non è detto che questo sia un errore..."

E non lo era. Le nuove analisi confermarono la sieronegatività.

L'errore era stato commesso quindici anni prima, quando nel sangue infettato dall'epatite qualcuno aveva creduto di leggere la presenza dell'HIV. Tutti gli esami ai quali Emanuele si era poi sottoposto periodicamente non avevano riscontrato la presenza del virus per il semplice fatto che il virus non c'era.

Avremmo dovuto festeggiare, dissi. Io, al suo posto, avrei festeggiato. Scoprire, all'improvviso, che non era vero, che mi ero preoccupato invano per tutto quel tempo... Ero contento per il mio amico, e cercavo di immaginare la gioia che avrei provato io al suo posto. In tanti anni, con tutte le ragioni che mi ero dato, con tutto l'amore che sentivo per Paolo, all'improvviso scoprivo di non essere arrivato ad alcuna vera pacificazione. Come Orfeo, ancora pretendevo una seconda chance, ancora ero pronto a illudermi che gli dèi mi fossero amici, che stessi risalendo alla luce, che ci fossi quasi... Sarei sempre stato pronto all'illusione. Perché, infatti, non credere che anch'io avessi vissuto in un clamoroso inganno? Perché non credere che i farmaci me li avesse somministrati ad arte solo il regista di una burla crudele? La mia malattia dov'era, infatti? Chi l'aveva mai vista? Qualche verruca non faceva una malattia, non significava la morte, e neanche una congiuntivite o un raffreddore prolungato... La mia malattia era stata la mia coscienza della malattia, ma la coscienza può essere un fantasma; non è per forza un riflesso dei fatti; la coscienza te la può mettere dentro chiunque. Iago ne diede una a Otello, e lui – fesso – la prese per cosa sua...

"Ti invidio," dissi a Emanuele.

Come gli altri pomeriggi, andammo a bere qualcosa al bar dell'angolo. Stavolta però non ordinai tè verde, ma una bottiglia di Veuve, e brindai alla rinascita; alla rinascita di tutti.

"Che cosa intendi fare?" gli domandai.

"Niente... Che vuoi che faccia?"

"Racconterai tutto a Mauro, spero..."

"Che idea! A che servirebbe? Solo a denunciare la mia disonestà..."

"Non vuoi nemmeno provare a ottenere un risarcimento?"

"Da chi? Dalla sfortuna...? Dalla mia ingenuità...? E come, poi? Qual è l'avvocato disposto a montare un caso sull'aria? No, grazie... La cosa più giusta da fare è non parlarne più... Se possibile, dimenticare..."

Era incapace di sorridere.

"Pensa che non dovrai più aver paura... Pensa che resterai con Mauro quanto vorrai, forse per sempre..."

Ma lui pensava al grave torto che gli avevano fatto.

"Mi sento come uno sano di mente che è stato chiuso in manicomio negli anni migliori e viene liberato troppo tardi, quando anche lui si è ormai convinto di essere pazzo... E nessuno che chieda scusa... Non mi rassegnerò mai, Valerio... Perché mi è capitato questo? Tu me lo sai dire? Perché?... Ma non c'è perché, non c'è niente..."

Pensava alla giovinezza sprecata, pensava a tutta la solitudine sofferta, a tutta la vergogna patita.

Alzò il bicchiere.

"Alla vita non vissuta."

E poi?

E poi le analisi ogni sei mesi, la chiacchierata periodica con Riccardo, il ritiro di nuovi farmaci, un'aggiustatina alla terapia per ridurre gli effetti collaterali, una MOC, una rettoscopia, il controllo annuale dei nei e delle carotidi...

Tutto normale, tutto bene.

Il tempo, tuttavia, sembrava incapace di scorrere. Procedeva per un tratto e poi si arrestava; come un giocattolo a carica. Se non avessi visto la morte della mamma, il nuovo matrimonio di Marina, la crescita di Angelica, che ormai era arrivata all'Università, avrei detto che il tempo era finito... I miei compleanni non li consideravo, perché un anno in più non significava vita in più. La vita, dov'era ormai? E che importava dove fosse, dove andasse, quanta ne restasse ancora? Io la cercavo e la perdevo in ogni singolo momento della giornata, e così, forse, della morte nemmeno mi sarei accorto, non avevo fatto che morire in tanti anni, in fondo...

Il giorno del mio cinquantacinquesimo compleanno Paolo inaugurò una mostra a Milano. Quella mostra, la più grande che avesse mai organizzato, aveva per titolo due parole di Catullo che lui mi aveva spesso sentito citare, *Quod egi*

("Quel che ho fatto"), ed era dedicata a me. L'aveva preparata di nascosto, lavorando in segreto per mesi, durante i quali con una scusa o l'altra era riuscito a tenermi lontano dallo studio e a non lasciarsi sfuggire nulla. Sospesi sulla tela, sul cartone o sulla carta, in varie dimensioni, e ricreati nella vivacità degli oli o dei pastelli o dell'acquarello, ecco tutti i luoghi in cui eravamo stati insieme.

C'è davvero tutto, o così pare a me; c'è perfino più di quanto ricordi, colto nella sua essenza: il marrone bruciato dei nuraghi sardi, l'arancione del deserto israeliano, il blu dei ghiacciai alpini, il giallo del grano normanno, il verde bottiglia delle onde di Creta, l'argento degli ulivi pugliesi, l'arancio delle rocce della Cornovaglia, l'ocra dei muriccioli di Masada, il violetto delle nuvole inglesi, l'azzurro opaco del Mar Morto, l'oro del *foliage* americano, il grigio di Sleepy Hollow, il latteo crepuscolo di Sag Harbor, lo smeraldo dei laghetti di Mount Desert, i gialli e i rosa dei tramonti contemplati dall'aereo, il bianco dell'inverno viennese, il rosa delle albe sul Nilo, il turchese delle Virgin Islands, il nero degli abeti svizzeri, il verde di Kauai...

E ci sono io, contro il cupo di un bosco californiano o un moncone di colonna ateniese; c'è Paolo, nudo sotto una cascatella messicana...

Ci sono i cieli che abbiamo respirato, le terre che abbiamo calpestato, le acque in cui ci siamo bagnati, la luce che ci ha illuminati, le tenebre che ci hanno protetti, i fiori che abbiamo contemplato, gli animali che abbiamo incontrato...

Ci sono gli inverni e le estati, le mattine e le sere...

Ci sono le stelle e c'è la luna, e c'è il sole che nasce o che scende dietro una montagna...

Ci sono le vette, i vulcani, le pianure, le città, le campagne...

E c'è l'*Autoritratto con puntini*. E c'è l'*Autoritratto con infezione cardiaca*.

C'è tutto. C'è la nostra storia, pezzo per pezzo, momento per momento, come un'opera d'arte sola.

Tutti possono ammirarla. Anch'io, finalmente.

La scorsa primavera, una sera, a Milano, dico a Paolo che ho voglia di scrivere qualcosa sulla malattia.

"Quale malattia?"

"Be', la nostra."

Non avevo progettato di parlargliene. Mi ritrovo semplicemente a farlo. Né avrei detto che questa voglia fosse tanto urgente. Annunciandola, però, capisco che lo è. Lui non dice niente. Mantiene la sua comoda posizione sul divano e mi guarda, né sorpreso né contrariato.

"Ho pensato che potrebbe servire a qualcuno..." continuo. "Sarebbe un peccato che le riflessioni che ho fatto in questi anni si perdessero, non trovi? Tra un po' neppure io me le ricorderò più..."

Continua a tacere.

"Non trovi assurdo che di malattia non si parli mai? Gli ultimi a volerlo fare, poi, sono i sieropositivi... È ingiusto! La gente si fa un sacco di idee sbagliate sul virus... La gente non sa niente della malattia, e non sa niente della salute... Io vorrei che una simile contrapposizione tra malattia e salute smettesse di esistere... Posso scrivere qualcosa perché a poco a poco la gente si liberi dai pregiudizi; perché la malattia cominci a essere considerata una condizione necessaria della vita... Non un male, un male e basta... Perché non dovrei dire al mondo intero, senza paura: Io sono malato? Vero che non lo immaginavate? Vero che sembro sano? Vero che faccio tutto anch'io...?"

Mi lascia parlare. E io mi infervoro. E parto con una tirata contro la società ignorante e discriminatoria, contro il perbenismo, contro la normalità, contro il sopruso, contro la miopia, contro l'indifferenza, contro l'idiozia, e mi pare che Paolo mi segua, penso che lo sto convincendo; che finalmente sto parlando di me malato con lui e non lo sto irritando, non ho più paura di essere frainteso, non ho più paura che lui creda che io, con queste affermazioni, stia solo cercando di colpevolizzarlo e di ottenere le sue scuse...

Mi ha ascoltato con calma e interesse, senza alcun fastidio, anzi, mostrando una certa aria di approvazione. Alla fine, dopo un breve silenzio, mi pianta gli occhi negli occhi, osservandomi come una cosa appena raccolta in mezzo alla sabbia, e risponde:

"Ma tu, Valerio, ti senti veramente malato?... Io no".

Nessun resoconto, per quanto dettagliato e meticoloso, potrà mai comunicare la sincerità e la semplicità con cui Paolo ha chiuso il discorso. Né tantomeno dar conto del mio sconcerto.

Per un attimo ho il sospetto che finga, che scherzi addirittura... Come può pormi una simile domanda?

Ma no, ne sono sicuro: non finge per nulla, né scherza.

E di colpo capisco quello che avrei dovuto capire da subito. Capisco che tutto quello che ho pensato in tanti anni poteva anche non essere pensato. *Paolo non è me.* Quanto è stato difficile e lungo arrivare a questa ovvia considerazione! Nemmeno una grave infezione ha potuto renderlo me...

Nei giorni successivi non faccio che ripetermi nella mente quelle sue parole, *Io no...*

E a loro fanno immancabilmente eco queste altre, pronunciate da tutto il mio essere: *Io sì...*

Io, che mai avrei voluto prendere la malattia, ora *pretendo di essere malato.*

Certo che lo sono, perdio! E lo sono perché – per usare proprio il verbo che ha usato Paolo – *mi sento malato,* a differenza di lui.

Essere malato è una condizione della coscienza prima che del corpo.

Il malato è uno che sa che qualcosa è accaduto; e che lui è la viva espressione di quell'accadimento, ora e per sempre.

Il malato conosce meglio di chiunque altro il prima e il dopo.

Il malato è come una traduzione: è un eterno stato di passaggio in cui avverti, però, sia la partenza sia l'arrivo, e secondo i giorni sembra che quella sia più vicina di questo; e il guadagno e la perdita si contendono il primato senza mai arrivare a un accordo definitivo. Per questo il conoscere del malato è un conoscere che non sta mai fermo; che stanca; che si crede inutile...

Il significato, quando si è malati, sfugge; sfugge sempre. Si forma e si riforma nella coscienza, e non prende mai un aspetto permanente cui si possa dare un nome. Il malato vive in un infinito susseguirsi di visioni, come chi sogna...

Io, oggi, non so se Paolo davvero non si senta malato anche lui, nonostante affermi il contrario. Non so se i suoi dipinti e il suo amore non siano, almeno in parte, una versione di quella coscienza che io tanto faticosamente ho cercato di trasformare in parole.

Io so, però, che certi giorni sono contento di essere malato.